시월의 저택

FROM THE DUST RETURNED

레이 브래드버리
연작소설 · 조호근 옮김

시월의 저택

FROM THE DUST
RETURNED

GHOST

RAY BRADBURY

폴라북스

이 책을 세상에 나오게 해준 두 명의 산파,
1946년 처음 시작을 함께한 돈 콩던과
2000년 완성을 도와준 제니퍼 브렐에게
사랑을 담은 감사를 보낸다.

차례

RAY BRADBURY

FROM THE DUST RETURNED

아름다운 이가 기다리네

봄이면 부드럽게 지붕을 두드리는 빗방울 소리에 젖어들고, 십이월 밤이면 두꺼운 벽 너머에서 함박눈이 쌓이는 기척이 울리는 다락방에, 천 번 고조할머니가 계셨다. 살아 있는 것은 아니지만 영원히 죽은 것도 아닌 상태로, 그저…… 그렇게 다락방에 살포시 잠들어 계셨다.

그리고 마음이 달뜨는 밤이, 세상 최고의 축제가 열리는 밤이 지척에 다가온 지금이야말로, 귀향 파티가 언제 열릴지 모르는 바로 이 순간이야말로, 천 번 고조할머니를 방문할 때였다!

"준비되셨죠? 들어갈게요!" 다락방 바닥문이 움찔거리며 티모시의 목소리가 방 안에 가늘게 울렸다. "괜찮죠?"

대답은 없었다. 이집트 미라는 꼼짝도 하지 않았다.

천 번 고조할머니는 나이 들어 비쩍 마른 자두나무처럼, 눌어붙은 채 버려진 다리미판처럼 어둑한 구석에 가만히 서 계셨다. 바닥을 드러낸 강처럼 말라붙은 가슴 위에 시간에 붙들린 포로처럼 한데 묶인 손과 손목을 정숙하게 얹은 채로, 꿰맨 눈꺼풀 사이로 깊은 푸른 기운이 감도는 청금색 눈을 가늘게 내비치며, 입안에는 반짝이는 추억을 물고, 그 안을 벌레처럼 헤매는 쪼그라든 혀를 놀리며, 할머니는 높은 숨소리와 한숨을 곁들여 4천 년 전의 지난 세월을 낱낱이 반추하며 속삭이셨다. 그녀가 파라오의 딸이던 먼 옛날, 거미줄로 만든 아마포와 따스한 숨결이 깃든 비단을 걸치고, 햇빛을 머금어 손목을 달구는 보석을 가득 매단 채 대리석 정원을 뛰어다니며, 타오르는 이집트의 하늘로 높이 솟아오른 피라미드를 구경하던 시절을.

티모시가 먼지가 가득 쌓인 바닥문을 밀어 올리자, 다시 한밤중 다락방의 세계가 돌아왔다.

"아, 아름다운 분!"

오래된 미라의 입에서 먼지처럼 가는 부스러기가 떨어졌다.

"이젠 아름답지 않구나!"

"그럼 할머니라고 부를까요."

"그냥 할머니가 아니지." 부드러운 대답이 돌아왔다.

"천 번 고조할머니라고 부르면 되나요?"

"그게 낫구나." 먼 옛날의 목소리가 고요한 방 안으로 티끌을

9

날렸다. "포도주니?"

"포도주예요." 티모시는 손에 작은 병을 든 채 다락방으로 올라왔다.

"언제적 물건이지?" 웅얼거리는 목소리가 말했다.

"기원전 물건이에요, 할머니."

"기원전 언제?"

"기원전 2천 년, 아니 거의 3천 년이네요."

"훌륭하구나." 말라붙은 미소에서 부스러기가 떨어져 내렸다. "이리 오너라."

티모시는 사방에 가득한 파피루스 사이를 지나 이제는 아름답지 않은 이에게, 그러나 아직 목소리는 놀라울 정도로 아름다운 이에게 다가섰다.

"내가 두렵지 않니, 아가?" 말라붙은 미소 사이로 목소리가 새어 나왔다.

"항상 두려워요, 할머니."

"입을 축여다오, 우리 아가."

소년은 떨리기 시작하는 입술에 손을 뻗어 단 한 방울의 포도주를 흘렸다.

"더 다오." 그녀가 속삭였다.

포도주 방울이 다시 한 번 먼지투성이 미소 위를 매만졌다.

"아직도 두렵니?"

"아뇨, 할머니."

"그럼 앉으렴."

소년은 전사와 개처럼 생긴 신과 사자 머리를 가진 신의 히에로글리프고대 이집트 상형 문자가 그려진 상자 뚜껑에 자리를 잡고 앉았다.

"여긴 왜 온 거니?" 고요한 강바닥처럼 말라붙은 얼굴 아래에서, 쉰 목소리가 물었다.

"이제 하루밖에 안 남았어요, 할머니. 줄곧 내일 밤을 기다려 왔다고요! 우리 가족이 오잖아요. 전 세계에서 날아온다고요! 할머니, 이야기해주세요. 모든 것이 어떻게 시작되었는지, 이 저택이 어떻게 지어지고 우리가 어디서 왔는지, 또—."

"그만 됐다!" 목소리가 나직하게 외쳤다. "지나간 수많은 나날들을 떠올려보마. 우물 속으로 깊이 자맥질해보마. 그러니 조용히 있어주겠니?"

"조용히 있을게요."

4천 년 전의 목소리가 속삭이기 시작했다. "자, 시작은 이렇게 된 거란다……."

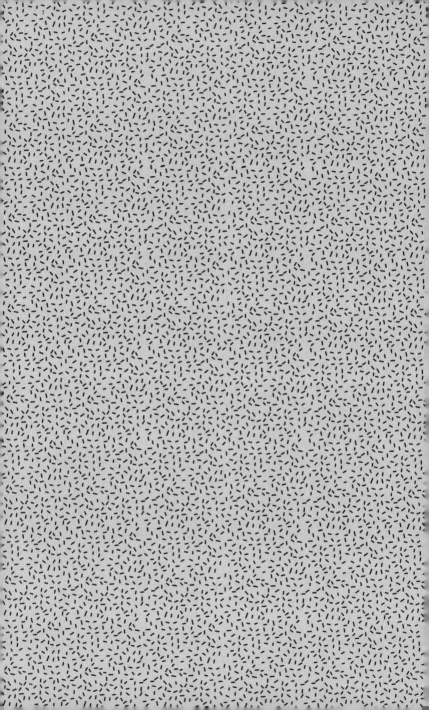

1장
마을과 저택

   천 번 고조할머니의 말씀에 따르면, 마을이 생기고 저택이 도착하기 전, 그러니까 태초의 이곳에는 풀이 무성한 초원과 그 가운데 언덕만이 있었다고 한다. 그 언덕 또한 풀이 무성했고, 꼭대기 한가운데엔 검은 번개처럼 뒤틀리고 아무것도 자라지 않는 나무 한 그루가 서 있었다.

   마을이 어떻게 생기는지는, 즉 사람들이 필요에 따라 모여들어 마침내 마을의 심장이 박동을 시작하고 주민이라는 혈류를 목적지로 보내기 위해 움직이는 과정에 대해서는 다들 알고 있을 것이다. 하지만 '저택이 도착'한다니, 그건 대체 무슨 뜻일까?

   명백한 사실은 머나먼 서쪽으로 떠나가던 벌목꾼 한 명이 언덕 위 나무에 기대 서서, 그 나무가 예수가 아버지 집의 앞뜰에서 톱질을 하거나 본디오 빌라도가 손을 씻기 전부터 그곳에 있었을 것이라 추측했다는 것뿐이다. 그 나무가 거친 날씨와 시간의 흐름 속에서 저택을 불러냈을 것이라 말하는 사람들도 있었다. 어찌됐든 언덕 위에 도착한 저택은 중국식 묘지 위에 지하 저장고의 뿌리를 내렸고, 런던에서 마지막으로 모습을 드러냈던 육중한 전면이 웅장하게 언덕 위에 섰다. 워낙 웅장해서 강을 건너려던 짐마차 무리가 잠시 걸음을 머뭇거리며, 교황청이나 왕실 건물이나 여왕의 거처로 써도 될 만한 건물이 있는데 구태여 이곳을 떠날 필요가 없지 않을까 생각할 정도였다. 그래서 마차는 잠시 가던 길을 멈추고 말이 목을 축일 시간을 주었다. 그러나 문득 정신이 든 가족은 자신들의 신발뿐 아니라 영혼까지도 그 자리에 뿌리를 내렸다는 사실을 깨닫게 되었다. 번개 모양의 나무 옆에 서 있는 저택에 너무 충격받은 나머지, 이곳을 떠나면 저택이 꿈속에서 추격해 와서 앞길에 기다리는 모든 장소를 엉망으로 만들어버리지 않을까 두려워졌던 것이다.

이렇게 해서 저택이 처음으로 도착했고, 그 도착하는 순간은 수많은 전설과 미신과 주정뱅이의 헛소리를 한데 모아놓은 것만 같은 모습이었다.

마치 평원 위로 부는 바람이 몰고 온 가벼운 비가, 점차 거칠어져 폭풍우로, 엄청난 힘의 태풍으로 커져가는 것만 같았다. 이렇게 순식간에 만들어진 폭풍은 자정에서 새벽 사이에 인디애나의 요새 도시들과 오하이오 사이에 있는 모든 움직이는 물체를 들어 올리고, 일리노이 북부의 모든 숲을 빨아들인 다음, 아직 탄생하지 않은 터에 도착해 자리를 잡고서는, 눈에 보이지 않는 신의 손이 움직이는 것처럼, 널빤지 하나하나 지붕널 하나하나를 쌓아 올려서 해가 뜨기 훨씬 전에 모든 것을 완성해놓았다. 람세스가 처음 꿈꾸었으나 결국 나폴레옹이 꿈속에 잠든 이집트에서 도망쳤을 때에야 완성된 바로 그 건축물처럼.

성 베드로 대성당을 떠받칠 수 있을 정도로 많은 기둥과, 반사광으로 철새 무리의 눈을 멀게 할 정도로 많은 창문이 있었다. 건물 사방을 두른 베란다는 모든 친척과 하숙생들을 모아 축하 파티를 벌여도 될 정도로 널찍했다. 창문 안으로는 작은 보금자리가, 둥지가, 수많은 방이 보였다. 아직 태어나지 않은 존재를 하나든, 아니면 일개 분대나 대대 규모든 한 번에 충분히 수용할 수 있을 만한 크기였다. 수많은 방들이 훗날 찾아올 거주자들을 예감하며 기다림에 달떠 있었다.

이렇게 해서 밤하늘의 별들이 햇살 속으로 녹아들기 전에 저택은 깔끔하게 마무리가 되었지만, 이후 몇 년 동안은 미래의 자식들을 불러오는 데 실패한 채로 언덕 위에 홀로 서 있었다. 물론 구멍마다 생쥐가 살고, 화덕마다 귀뚜라미가 돌아다니고,

수많은 굴뚝에서는 연기가 흘러나오고, 모든 침대 위에 거의 인간과 흡사한 존재들이 도사리고 있기는 했다. 이윽고 마당에는 미친 개들이, 지붕에는 살아 있는 가고일 석상이 찾아왔다. 그 모든 이들이 오래전에 이곳을 떠난 폭풍 속에서 천둥이 소리치기만을 기다리고 있었다. **시작해!** 하고 소리치기를.

그리고 마침내, 한참의 세월이 흐른 후, 천둥이 울렸다.

2장
아누바, 도착하다

처음 중의 처음이 되고 싶은 고양이가 제일 먼저 도착했다.

고양이는 구유와 옷장과 저장고와 다락방에 시월의 날개도 가을의 숨결도 불타는 눈도 아직 존재하지 않던 시절에 도착했다. 모든 샹들리에가 입주자를 원하고 모든 신발이 주인을 기다리고 있을 때, 모든 침대가 기묘한 눈송이가 쌓이기를 갈망하고 모든 난간이 실재하는 이들보다 가벼운, 티끌 같은 주민들이 자신의 위를 미끄러지기를 원할 때, 세월에 뒤틀린 창문마다 일그러진 얼굴들이 그림자 속에서 밖을 주시할 때, 의자마다 보이지 않는 존재들이 자리를 잡고 있는 것처럼 보일 때, 모든 양탄자가 보이지 않는 발걸음을 그릴 때, 뒤뜰 현관 앞의 양수기가 숨을 몰아쉬며 악몽을 퍼올릴까 두려워 모두 도망친 땅 위로 독한 액체를 끌어내 뱉을 때, 갈 곳 잃은 영혼들의 기름때에 쪽마루 판자가 삐걱대며 신음할 때, 높은 지붕의 수탉 풍향계가 바람에 정신없이 회전하며 그리핀사자의 몸통에 독수리의 날개와 부리를 지닌 상상의 동물처럼 섬뜩한 미소를 지을 때, 째깍거리며 스러지는 목숨을 가늠하는 소리를 내는 딱정벌레들이 벽 뒤에서 나직하게 시간의 흐름을 알릴 때…….

그때가 되어서야 아누바라는 이름의 고귀한 고양이가 도착했다.

정문이 큰 소리를 내며 열렸다.

그곳에 아누바가 있었다.

거만함이라는 훌륭한 모피를 두른 채, 리무진이 등장하기 한참 전부터 존재했던 그릉거리는 엔진 소리를 더욱 나직하게 낮추면서, 고양이가 모습을 드러냈다. 3천 년이 걸린 여행길에서 방금 돌아온 고귀한 존재는 천천히 복도로 발을 옮겼다.

그 여행은 람세스와 함께 시작되었다. 고귀한 파라오의 발밑 선반에 보관된 채로, 아누바는 미라가 되어 리넨으로 겹겹이 싸인 다른 수많은 고양이들과 함께 수 세기를 잠든 채 보냈고, 나폴레옹의 암살자들이 스핑크스의 사자 얼굴에 대포 구멍을 남기려 시도하다 맘루크의 화승총에 휩쓸려 수장될 때 잠에서 깨어났다. 깨어난 고양이들은 빅토리아 여왕이 보낸 기관차들이 도굴한 부장품과 아스팔트를 바른 리넨으로 감싼 망자들을 연료로 태우며 이집트를 가로지르기 시작할 때까지 상점이 빽빽이 늘어선 골목을 어슬렁거리며 시간을 보냈고, 그들 중에는 여왕처럼 당당한 고양이도 끼어 있었다. 뼈와 불붙기 쉬운 타르로 가득한 연료 꾸러미가 네페르티티-투트 특급열차의 연료 적재함에 겹겹이 쌓였다. 검은 연기가 이집트의 하늘로 불길을 뿜어내며 바람 속에 맴돌고 있던 클레오파트라의 사촌들을 몰아냈다. 마침내 특급열차는 알렉산드리아에 도착했고, 그때까지 소각로에 들어가지 않은 고양이들과 고양이의 여왕은 그대로 수송선에 실려 미국으로 향했다. 보스턴의 폐지 재생 공장으로 보내는 엄청난 양의 파피루스 뭉치로 둘러싸인 채였다. 목적지에 도착해 파피루스 꾸러미가 풀리자 고양이들은 화물 수송 기차에 올라타 사방으로 흩어졌고, 아무것도 모르는 지역 인쇄업자들에게 분배된 파피루스는 끔찍한 독성 박테리아를 퍼트려 이삼백 명의 인쇄공을 죽음에 이르게 했다. 이집트의 질병이 뉴잉글랜드 지역의 병원을 가득 메웠고, 이내 병에 걸린 모든 이가 공동묘지를 채웠다. 반면 고양이들은 테네시 주 멤피스나 일리노이 주 카이로에서 기차를 내린 다음, 남은 길을 걸어서 검은 나무가 있는 마을로, 언덕 위에 높이 솟아 있는 기묘한 저택으로 찾아왔다.

거무스름하게 불타는 모피, 번개 줄기처럼 뻗은 수염, 말쑥하고 날렵한 앞발을 가진 아누바는 이렇게 해서 그 특별한 밤에 저택으로 들어왔다. 고양이는 텅 빈 객실과 꿈꾸지 못하는 침대들은 깔끔하게 무시하고, 그대로 중앙 응접실의 가장 커다란 벽난로 앞에 자리를 잡았다. 눕기 위해 그녀가 세 번 몸을 돌리자, 입을 활짝 벌린 벽난로 안에서 폭음과 함께 불길이 타오르기 시작했다.

고양이들의 여왕 휴식을 취하는 동안, 위층의 열 개가 넘는 벽난로에서도 하나씩 불길이 일어났다.

그날 밤 굴뚝에서 솟아오르기 시작한 연기는 이집트 사막을 가로지르는 네페르티티-투트 특급열차를 떠오르게 했다. 미라의 리넨 천을 도서관의 책들처럼 활짝 펼치고, 가는 길마다 그 안의 내용을 바람에 속삭이던 그 기차를.

그리고 물론 아누바는 수많은 거주자들 중 맨 처음 도착한 이일 뿐이었다.

3장
꼭대기 다락방

"그래서 할머니, 두 번째로 도착한 이는 누구였나요? 다음에 누가 왔나요?"

"꿈꾸며 잠들어 있는 소녀란다, 우리 아가."

"정말 멋진 이름이에요, 할머니. 잠든 소녀는 왜 여기 온 건가요?"

"꼭대기 다락방이 사방으로 손짓해서 그녀를 불렀지. 우리 머리 위의 다락방은 바람을 빨아들이고 온 세상으로 퍼지는 제트 기류를 통해 목소리를 퍼트릴 수 있는, 세상에서 두 번째로 중요한 다락방이란다. 꿈꾸는 소녀는 폭풍우 속에서 제트 기류를 타고, 번개 속에 드문드문 모습을 드러내면서, 휴식을 갈망하면서 이곳으로 왔단다. 이리 오는구나, 지금 왔어! 귀를 기울여보렴!"

천 번 고조할머니는 청금석 눈길을 위로 향했다.

"숨을 죽이고 들어보아라."

위에서, 겹겹이 쌓인 어둠 속에서, 꿈결처럼 느껴지는 무언가
가 몸을 뒤척였다……

4장
잠자는 소녀의 꿈

꼭대기 다락방은 목소리에 귀를 기울일 사람이 아무도 없을 때부터 그곳에 있었다. 흘러가다 머무는 구름이 뿌리는 비바람이 부서진 유리창을 통해 새어드는 그곳에서, 다락방은 혼잣말을 중얼거리며 바닥의 널판에 쌓인 먼지를 휩쓸어 일본식 모래 정원을 가꾸었다.

부드럽고 거친 바람이 덜렁거리는 널판을 흔들고 지나가며 속삭이는 소리를 알아들을 수 있는 이는 오직 세시뿐이었다. 고양이 다음으로 도착해서 가족 중에서 가장 예쁘고 특별한 딸이 된 세시는, 다른 사람들의 귓가를 어루만진 다음 그 마음속으로, 그리고 더 깊은 곳에 잠들어 있는 꿈속까지 들어가는 재능을 가지고 있었다. 그녀는 다락방에서 오래된 일본식 정원의 티끌 위로 몸을 쭉 뻗고는, 지붕 위에서 노니는 바람을 타고 일렁이는 모래 둔덕에 몸을 맡겼다. 그녀는 그렇게 누운 채 멀리서 들려오는 비바람의 언어에 귀를 기울이며 언덕 너머에서, 한쪽 바다와 그 반대쪽으로 멀리 있는 바다에서 무슨 일이 일어나는지를 살폈다. 북쪽에서 만년빙의 한기를 품고 불어오는 차가운 바람이나, 영원한 여름이 계속되는 멕시코만이나 아마존의 정글에서 들려오는 부드러운 숨결까지도.

그렇게 누워서 잠든 채로, 세시는 계절을 들이마시고 산맥 너머 평원의 마을에 퍼지는 소문에 귀를 기울였다. 식사 자리에서 물어보기만 하면, 그녀는 수천 마일 떨어진 곳에 사는 과격하거나 고요한 주민들에 대해서 알려주었다. 그녀는 항상 보스턴에서 태어나는 이들이나 몬테레이에서 죽음을 맞이하는 이들의 소문, 눈을 감고 있는 밤 동안에 들은 사람들의 이야기를 입술에 머금고 있었다.

가족의 다른 일원들은 종종 이렇게 말했다. 세시를 거끌거끌한 황동 실린더로 가득한 뮤직 박스에 가둔 다음 그대로 틀어버리면, 항구로 들어오는 배들과 항구를 떠나는 배들의 이야기가, 아니 이 푸른 행성에 깃들여 있는 모든 모습이, 그리고 이내 우주의 이야기까지 들려올 것이라고.

모든 점을 종합해보면 그녀는 지혜의 여신이나 다름없었다. 그 사실을 아는 가족은 그녀를 깨지기 쉬운 도자기처럼 소중히 다루며 원하는 만큼 자도록 해주었다. 일단 일어나기만 하면 열두 개의 정신으로 열두 가지 언어를 말하며, 정오에는 플라톤을 쳐부수고 자정에는 아리스토텔레스를 벌벌 떨게 할 철학을 설파하리라는 사실을 알고 있기 때문이었다.

그래서 아직도 꼭대기 다락방은 기다리고 있었다. 아라비아의 해변처럼, 일본식 정원의 순백색 모래처럼 쌓인 먼지 속에서, 바닥 판자는 계속 삐걱대며 속삭였다. 몇 시간 후면 찾아올 미래를, 달콤한 악몽이 귀가할 순간을 기억하면서.

그렇게 꼭대기 다락방은 속삭였다.

그리고 귀를 기울이던 세시의 마음은 달아올랐다.

날갯짓하는 소리 속에서, 안개와 영혼이 부딪쳐 긴 연기를 허공으로 뿜어내는 가운데, 그녀는 자신의 영혼과 욕망을 마주했다.

서둘러야 해, 그녀는 생각했다. 아, 어서 가야 해! 달려 나가자. 빨리 날아가는 거야. 무얼 하려고?

"사랑을 하고 싶어!"

5장
바람 속의 마녀

하늘 높이, 계곡을 넘어 별빛 아래로, 강과 연못과 도로를 가로질러, 세시는 날아갔다. 가을바람처럼 투명하고, 해 질 녘 들판에서 피어오르는 토끼풀의 숨결처럼 상쾌하게, 그녀는 날았다. 흰담비 털옷만큼이나 부드러운 비둘기 속에 들어가 날아오르고, 나무에 머물고 낙엽 속에 숨 쉬며, 산들바람이 불어오면 타오르는 붉은빛으로 흩날렸다. 밝은 초록색의 청개구리 안에 깃들였다가, 빛나는 연못 속에서 박하처럼 상쾌하게 머물렀다. 덩치 큰 개 안에 들어가 돌아다니다 멀리 외양간에 부딪쳐 돌아오는 메아리를 들으려 짖어대기도 했다. 흩날리는 민들레의 유령 안에, 짙은 대지의 냄새가 풍기는 땅속에서 솟아오르는 투명하고 달콤한 액체 안에 살았다.

여름도 끝이구나, 세시는 이렇게 생각했다. 오늘 밤에는 세상의 살아 있는 모든 것들 안에 깃들여야지.

이제 그녀는 타르 웅덩이 옆 길가의 훌륭하게 토실토실 살찐 귀뚜라미 속에 있었다. 다음에는 철문에 맺힌 이슬방울 속에 있었다.

"사랑." 그녀는 중얼거렸다. "내 사랑은 어디에 있을까?"

저녁 식사 자리에서 이미 했던 말이었다. 그러자 그녀의 부모는 앉은 자세 그대로 굳어버렸다. "참고 기다려." 부모님은 이렇게 충고했다. "너는 아주 뛰어난 아이잖니. 우리 가족 전체가 기괴하고 훌륭하지. 우리는 평범한 사람들과 결혼할 수 없단다. 그랬다가는 어둠의 영혼을 잃어버리게 될 테니까. 강하게 원하기만 하면 '여행'할 수 있는 그 능력을 잃고 싶은 것은 아니겠지? 그러니 조심해야 한단다. 조심해라!"

그러나 높다란 다락방으로 돌아온 세시는, 목깃에 향수를 뿌리고 침대 위에 앉아 기지개를 폈다. 창밖에서는 우윳빛 달이 일리노이의 시골 풍경 위로 떠올라, 강을 크림으로, 길을 백금으로 바꿔놓고 있었다.

"그래." 그녀는 한숨을 쉬었다. "나는 낮에는 잠을 자고 밤에는 검은 연처럼 바람을 타고 날아다니는 괴상한 일족의 일원이야. 그리고 나는 모든 것에 깃들일 수 있지. 조약돌에도, 크로커스붓꽃의 일종에도, 아니면 사마귀에도. 이렇게!"

바람이 그녀를 휘감아 평원과 들판 위로 날려 보냈다.

세시는 작은 집이며 농장에서 반짝이는 황혼과 같은 색의 불빛을 보았다.

그리고 그녀는 생각했다. 내가 괴상한 아이라서 사랑을 할 수 없다면, 다른 사람을 통해서 사랑에 빠져버리면 되잖아!

서늘한 저녁의 농가 안뜰에, 많아 봤자 열아홉 살 정도의 검은머리 소녀 하나가 깊은 돌우물에서 물을 긷고 있었다. 입으로는 노래를 흥얼거리면서.

세시는 낙엽에 깃들여 우물로 떨어졌다. 그녀는 우물 안쪽의 부드러운 이끼 안에 도사리고 앉아 어둑하고 서늘한 우물 안에서 위를 올려다보았다. 이제 그녀는 눈에 보이지 않는 옴찔대는 아메바 속으로 옮겨갔다. 이제 물방울 안에 있었다! 마침내 차가운 컵으로 들어간 그녀는 소녀의 따뜻한 입술가로 움직여 갔다. 부드러운 밤처럼 물 마시는 소리가 울렸다.

세시는 소녀의 눈을 통해 밖을 내다보았다.

세시는 검은 머리 안으로 들어가 빛나는 눈을 통해 거친 밧줄을 당기는 손을 바라보았다. 조가비 같은 귀로 이 소녀가 사는 세상의 소리를 들었다. 오똑 솟은 코로 소녀가 존재하는 우주의 냄새를 맡고, 그녀의 특별한 심장이 뛰고 또 뛰는 소리를 들었다. 그녀의 혀가 묘하게 움직이며 노랫소리를 엮어내는 것을 느꼈다.

얘는 지금 내가 여기 있는 걸 알고 있을까? 세시는 생각했다.

소녀는 숨을 멈추었다. 그리고 밤이 내린 들판 위를 바라보았다.

"누구 있어요?"

아무런 대답도 없었다.

바람뿐이야. 세시가 속삭였다.

"바람뿐이야." 소녀는 소리 내 웃으면서도 몸을 떨었다.

훌륭한 몸이었다. 최고급의 늘씬한 상아로 만든 뼈가 보드라운 살결 아래 숨어 있었다. 뇌는 어둠 속에 핀 한 송이 연분홍색 장미 같았고, 입가에는 사과주 맛이 맴돌았다. 입술은 새하얀 치아를 단단히 덮고, 눈썹은 세상을 향해 부드럽게 굽이져 있었다. 머리카락은 우윳빛 목덜미 위에 부드럽고 섬세하게 흩날렸다. 모공은 작고 단단히 닫혀 있었다. 코는 달을 향해 기울었고, 볼은 작은 불길처럼 빛났다. 깃털처럼 가볍게 한 동작에서 다음 동작으로 균형을 잡으며 옮겨가는 몸은 마치 끊임없이 노래를 부르는 듯했다. 이런 몸 안에, 이런 의식 속에 들어와 있으니 난롯가에서 따뜻하게 불을 쬐는 기분이 들었다. 잠들어 있는 고양이의 가르랑거리는 소리나, 밤마다 바다로 흘러드는 따뜻한 하구의 물과도 흡사했다.

좋았어! 세시는 생각했다.

"뭐라고?" 소녀는 목소리를 들은 양 이렇게 물었다.

네 이름이 뭐야? 세시는 조심스레 물었다.

"앤 리어리야." 소녀는 몸을 뒤틀었다. "내가 왜 소리 내서 내 이름을 대고 있는 거지?"

앤, 앤. 세시가 속삭였다. **앤, 너는 이제 사랑에 빠질 거야.**

이 말에 답하듯, 길 쪽에서 굉음이 울렸다. 덜커덩거리며 자갈 위에서 바퀴가 구르는 소리도 들렸다. 건장한 남자 하나가 커다란 팔로 운전대를 잡은 채, 지붕이 열린 자동차를 타고 들어왔다. 그의 웃음이 뜰 안 가득 빛났다.

"앤!"

"또 너야, 톰?"

"그럼 누구겠어?" 남자는 웃으며 차에서 내렸다.

"너하고는 얘기 안 할 거야!" 앤은 휙 몸을 돌렸다. 그녀의 손에 들린 양동이에서 물이 흘러 넘쳤다.

안 돼! 세시가 소리쳤다.

앤은 그 자리에서 움직임을 멈췄다. 그리고 언덕과 하늘에 갓 떠오른 별들을 바라보았다. 톰이라는 이름의 남자를 바라보았다. 세시는 그녀가 양동이를 떨어트리게 만들었다.

"너 때문에 이렇게 됐잖아!"

톰이 달려왔다.

"너 때문에 실수한 거라고!"

톰은 웃으며 그녀의 신발을 손수건으로 닦아주었다.

"저리 가!" 앤은 그의 손을 걷어찼지만, 그는 다시 한 번 웃었다. 세시는 멀리 떨어진 곳에서 그를 내려다보았다. 그가 고개를 돌리는 모습을, 두개골의 크기를, 콧구멍을 벌름거리는 모습을, 반짝이는 눈빛을, 듬직하게 벌어진 어깨를, 그리고 손수건을 세심하게 움직이는 손에 숨겨진 견실한 힘을 살폈다. 사랑스러운 머릿속의 비밀 다락방에서 그 모든 것을 바라보던 세시는, 숨겨놓은 복화술사의 끈을 잡아당겨 예쁘장한 입을 활짝 벌리게 만들었다. "고마워!"

"아하, 너한테도 예의라는 게 있는 모양이지?" 그의 손에서 나는 가죽 냄새, 그의 옷에서 풍기는 자동차의 냄새가 따뜻한 콧속으로 밀려들고, 멀리 밤의 잔디밭과 가을 벌판 위에 누워 있는 세시는 잠자리에 들어 꿈을 꾸는 것처럼 몸부림을 쳤다.

"너한테 보일 예의는 없어, 없다고!" 앤이 말했다.

쉿, 부드럽게 말해야지. 세시가 말했다. 그녀는 앤의 손가락을 톰의 머리 쪽으로 움직였다. 앤은 퍼뜩 놀라 손을 다시 뒤로 뺐다.

"내가 미쳤나 봐!"

"그런 모양인데." 톰은 여전히 웃으면서도 놀란 듯 고개를 끄덕였다. "설마 나를 만지려던 거야?"

"나도 몰라. 아, 저리 가!" 그녀의 볼이 분홍색 숯처럼 달아올랐다.

"그냥 도망쳐! 막을 생각은 없으니까." 톰이 자리에서 일어나며 말했다. "혹시 생각이 바뀐 거야? 그럼 오늘 밤 춤추러 가지 않을래?"

"싫어." 앤이 말했다.

갈래! 세시가 소리쳤다. 나는 춤춰본 적이 없어. 땅에 닿도록 길고 휘날리는 드레스를 입어본 적도 없어. 밤새 춤추고 싶어. 춤추는 여자의 안에 들어가 있으면 어떤 기분인지 아직 모르니까. 아버지와 어머니가 허락해주지 않으셨거든. 이 세상의 다른 모든 것들, 개, 고양이, 메뚜기, 나뭇잎, 모든 것에 대해 알고 있지만, 봄날의 여인이 되어본 적은 없어. 이런 밤의 여인이 되어본 적이 없다고. 아, 제발, 우리 춤추자!

그녀는 새로 산 장갑에 손가락을 끼우듯 자신의 생각을 펼쳐 보였다.

"갈게." 앤 리어리가 말했다. "가겠어. 왜인지는 모르겠지만, 오늘 밤 너랑 같이 춤추러 가야겠어, 톰."

얼른 집 안으로 들어가! 세시가 소리쳤다. 목욕도 하고, 가족들에게 말하고, 드레스를 준비하고, 방으로 가야지!

"어머니, 저 마음이 바뀌었어요!" 앤이 말했다.

자동차가 산등성이를 따라 내려간 후 농가의 집에는 활기가 돌아왔다. 욕조에 물을 받는 동안 어머니는 입에 머리핀을 잔뜩 문 채로 속사포처럼 질문을 쏘아댔다. "어떻게 된 거니, 앤? 너

톰을 싫어하는 거 아니었어?"

"그건 그래요." 앤은 분주하게 움직이다가 문득 멈추어 섰다.

하지만 여름도 이제 끝이잖아! 세시는 생각했다. **겨울이 오기 전 마지막 여름밤인데.**

"여름이……." 앤이 말했다. "끝나가잖아요."

그리고 춤을 추러 가기에도 딱 좋은 밤이잖아. 세시는 생각했다.

"춤을 추러 가기에도……." 앤 리어리는 웅얼거렸다.

그리고 그녀는 욕조에 들어가서, 하얀 바다표범 가죽 같은 어깨에 비누를 바르고, 겨드랑이에 작은 비누거품 뭉치를 만들고, 따뜻한 가슴을 어루만졌다. 세시는 그녀의 입을 움직여 미소 짓게 하면서 이 모든 움직임을 계속하게 만들었다. 잠시도 멈추거나 주저해서는 안 된다. 그랬다가는 이 인형극이 전부 망가져버릴 테니까! 앤 리어리는 계속 움직이고, 행동하고, 연기하고, 이쪽을 닦고, 저쪽에 비누칠하고, 마침내 욕실을 나섰다!

"너!" 앤은 거울에 비친 자신의 모습을 보았다. 백합과 카네이션처럼 온통 흰색에 분홍색이었다. "오늘 밤…… 너는 대체 누구야?"

열일곱 살 소녀일 뿐이야. 세시는 그녀의 보랏빛 눈을 통해 지그시 바라보았다. **네 눈에 나는 보이지 않겠지. 내가 여기 있다는 걸 알고 있을까?**

앤 리어리는 고개를 저었다. "늦여름의 마녀한테 몸을 빼앗

기기라도 한 걸까."

비슷해, 아주 비슷해! 세시가 소리 내 웃었다. **자, 그럼 이제 옷을 입어야지!**

풍만한 몸에 부드러운 비단 드레스를 걸치는 기분이 얼마나 호사스러운지! 밖에서 부르는 소리가 들려왔다.

"앤, 톰이 돌아왔어!"

"기다리라고 말해주세요." 앤이 갑자기 자리에 주저앉았다. "오늘 춤추러 못 가겠어요."

"뭐라고?" 문가에서 그녀의 어머니가 말했다.

세시는 서둘러 다시 주의를 돌렸다. 아주 끔찍한 실수였다. 아주 잠시, 가장 중요한 순간에 앤의 몸을 내버려둔 것이다. 멀리서 자동차가 달빛에 물든 들판을 가르며 달려오는 소리가 들리자, 세시는 문득 이런 생각을 했다. 가서 톰을 찾아야지. 그 머릿속에 들어가서 스물두 살 남자가 이런 날 밤에 무슨 생각을 하는지를 살펴봐야지. 재빨리 길을 따라 내려가던 세시는 화들짝 놀라 집으로 돌아오는 새처럼 서둘러 돌아와서 앤 리어리의 머릿속에 홰를 치고 앉았다.

"앤!"

"가버리라고 하세요!"

"앤!"

그러나 이제 앤은 입술을 꽉 깨물고 있었다. "싫어, 싫어, 난

저 사람이 싫단 말이야!"

떠나면 안 됐는데, 아주 잠시라도 자리를 비워선 안 됐는데. 세시는 자신의 마음을 소녀의 손으로, 심장으로, 머릿속으로, 부드럽게, 부드럽게 퍼뜨렸다. **일어나.** 그녀는 생각했다.

앤은 자리에서 일어섰다.

외투를 입어!

앤은 외투를 입었다.

자, 이제 밖으로 나가!

"싫어!"

나가!

"앤." 그녀의 어머니가 말했다. "지금 당장 나가렴. 대체 너 어떻게 된 거니?"

"아무것도 아니에요, 어머니. 다녀올게요. 늦게 돌아올 것 같아요."

앤과 세시는 사그라지는 여름의 밤하늘 아래로 함께 달려 나갔다.

길게 늘어진 깃털을 한껏 부풀린 채 부드럽게 춤추는 비둘기들이, 공작들이, 무지개와 같은 눈빛과 조명이 가득한 방이었다. 그리고 그 가운데에서, 앤 리어리는 계속해서 돌고, 돌고, 또 돌면서 춤을 추었다.

아, 정말 멋진 밤이야. 세시가 말했다.

"아, 정말 멋진 밤이야." 앤이 중얼거렸다.

"너 좀 이상해." 톰이 말했다.

음악과 노래가 강물처럼 두 사람을 아련히 감쌌다. 두 사람은 그 위를 떠다니다 수면 아래로 들어가서, 깊이 가라앉다가 다시 숨을 쉬러 올라와 숨을 몰아쉬며, 익사하는 사람들처럼 서로를 부둥켜안으며 다시 휘돌았다. 속삭이고 한숨을 쉬며, 〈아름다운 오하이오〉의 가락에 맞춰서.

세시가 노래를 흥얼거렸다. 앤의 입술이 벌어지며 음악이 새어 나왔다.

그래, 난 이상해. 세시가 말했다.

"평소하고 좀 다른데." 톰이 말했다.

"그래, 오늘 밤은 그렇지."

"내가 알던 앤 리어리가 아니야."

그래, 아니야, 전혀 아니거든. 세시가 멀리 멀리 떨어진 곳에서 중얼거렸다. "그래, 전혀 아니야." 움직이는 입술에서 이런 말이 새어 나왔다.

"너 아무래도 느낌이 좀 이상해." 톰이 말했다. "너 말이야." 그는 그녀를 몸에서 떨어트리고 계속 춤추며 달아오른 그녀의 얼굴을, 뭔가를 찾으려는 듯 바라보았다. "네 눈을 읽을 수가 없어." 그가 말했다.

내가 보여? 세시가 물었다.

"앤, 너 지금 여기 있으면서도 동시에 어딘가 멀리 있는 느낌이 들어." 톰은 걱정이 섞인 얼굴로 조심스레 그녀의 몸을 이리저리 돌리며 말했다.

"맞아."

"왜 나하고 함께 온 거야?"

"오고 싶지 않았어." 앤이 말했다.

"그럼 왜 온 건데?"

"알 수 없는 뭔가가 그러게 만들었어."

"뭐가?"

"나도 몰라." 앤의 목소리에는 희미한 두려움이 엉겨 붙어 있었다.

자, 자, 쉿, 쉿. 세시가 속삭였다. **말은 필요 없어. 그거야. 돌아, 돌아.**

그들은 어두운 방 안에서 속삭이고 뒤척이고 솟아오르다 가라앉았다. 음악에 이끌려 움직이고 몸을 돌렸다.

"어쨌든 결국 함께 왔잖아." 톰이 말했다.

"그렇게 됐네." 세시와 앤이 말했다.

"이리 와." 그는 가볍게 그녀를 이끌고 춤추며 나와서, 열린 문을 통해, 홀에서, 사람들과 음악에서 떨어진 곳으로 걸어 나왔다.

그리고 차에 올라 함께 자리를 잡고 앉았다.

"앤." 그는 떨리는 그녀의 손을 붙들었다. "앤." 그러나 그가 부르는 이름은 앤의 것이 아니었다. 그는 그녀의 창백한 얼굴에서 눈을 떼지 않았고, 그녀는 조용히 다시 눈을 떴다. "난 예전에 너를 사랑했어. 너도 알지." 그가 말했다.

"알아."

"하지만 네가 언제나 차갑게 굴어서, 나는 상처받고 싶지 않았어."

"우린 둘 다 너무 어려." 앤이 말했다.

"아니, 이게 아니라, 그러니까, 미안하다고 말하고 싶었어." 세시가 말했다.

"무슨 소리야?" 톰은 그녀의 손을 놓았다.

따뜻한 밤이었고, 땅의 내음이 그들이 앉아 있는 곳 주변 사방에 일렁였다. 갓 깨어난 나무들은 잎을 서로 부비며 몸을 떨고 일렁이고 있었다.

"나도 모르겠어." 앤이 말했다.

"아, 하지만 나는 알아." 세시가 말했다. "너는 키도 크고 세상에서 제일 잘생긴 남자야. 오늘은 아주 멋진 밤이고. 너와 함께 보낸 오늘 밤을 앞으로 영원히 기억할 거야." 그녀는 낯설고 차가운 손을 뻗어, 머뭇거리는 그의 손을 다시 잡고는 자기 쪽으로 끌어왔다. 그리고 단단히 붙들고 자신의 온기를 전했다.

"하지만 오늘 밤 너는," 톰은 눈을 깜빡이며 말했다. "너는 이랬다가 저랬다가 하고 있잖아. 한 번은 이렇게 굴었다가, 다음 순간에는 완전히 다른 모습이 되고. 나는 예전의 추억 때문에 너에게 춤추러 가자고 청했던 거야. 처음 네게 청했을 때는 그저 그뿐이었어. 그런데 오늘 우물가에 서 있자니, 무언가 변한 것이, 네가 정말로 변한 것이 느껴졌던 거야. 무언가 새롭고 부드러운, 다른 무언가……." 그는 알맞은 단어를 찾으려 말을 더듬었다. "모르겠어, 말로 표현할 수가 없어. 네 모습이 그렇게 보였어. 네 목소리에서도 느껴졌어. 어쨌든 내가 너를 다시 사랑하게 된 건 분명해."

"아니야." 세시가 말했다. "나야, 나를 사랑하게 된 거야."

"너와 다시 사랑에 빠지는 일이 두려워." 그가 말했다. "너는 나를 아프게 할 테니까."

"그렇게 되겠지." 앤이 말했다.

아냐, 아냐, 나는 진심으로 당신을 사랑해! 세시는 생각했다. 앤, 저 사람에게 말해줘, 나를 위해 말해줘. 진심으로 그를 사랑할 거라고 말해줘!

하지만 앤은 아무 말도 하지 않았다.

톰은 제법 가까운 곳까지 다가와서, 손을 뻗어 그녀의 턱을 들어올렸다. "여기서 백 마일 떨어진 곳에 일자리가 생겼어. 내가 그리울 것 같니?"

"응." 앤과 세시가 대답했다.

"그럼 작별 키스를 해도 될까?"

"응." 세시는 다른 사람이 말하기 전에 얼른 대답했다.

그는 낯선 입술 위에 자신의 입술을 포갰다. 낯선 입술에 키스하는 그의 몸이 떨리고 있었다.

앤은 하얀 석상처럼 앉아 있었다.

앤! 세시가 말했다. **움직여! 저 사람을 안아!**

앤은 달빛 속에서 나무를 깎아 만든 인형처럼 앉아 있었다.

그는 다시 한 번 그녀의 입술에 키스했다.

"나는 당신을 사랑해." 세시가 속삭였다. "나는 여기 있어. 당신이 이 눈 속에서 본 사람은 바로 나야. 나라고. 그리고 이 아이가 영원히 당신을 사랑하지 않을지라도 나는 당신을 사랑하고 있어."

그는 먼 거리를 달려온 사람처럼 천천히 몸을 뺐다. 그는 그녀의 곁에 앉았다. "무슨 일이 벌어지는 건지 모르겠어. 아주 잠시, 여기에……."

"응?"

"순간적이지만 방금……." 그는 손으로 자신의 눈을 덮었다. "신경 쓰지 마. 그럼 이제 집으로 데려다줄까?"

"제발 그래줘." 앤 리어리가 말했다.

그는 지친 모습으로 차를 몰기 시작했다. 아직 이른 시간, 여름이 가을로 넘어가는 밤 열한 시의 달빛 가득한 차 속에서, 그들은 함께 엔진 소리에 흔들리며 집으로 향했다. 반짝이는 초원과 텅 빈 농장이 양 옆으로 스쳐 지나갔다.

그리고 세시는 들판과 초원을 보며 생각했다. 그럴 가치가 있을지도 몰라. 오늘 밤 이후로 그와 함께 있을 수 있다면, 그럴 가치가 있을지도 몰라. 문득 부모님의 목소리가 희미하게 다시 들려왔다. "조심해라. 땅에 묶인 하잘것없는 존재와 결혼해서 스러지고 싶은 것은 아니겠지?"

그래요, 그래요. 세시는 생각했다. 만약 그가 나를 원한다면 나는 여기서 즉시 모든 것을 버릴 수 있어요. 그러면 봄날 밤마다 떠돌아다닐 필요도, 새와 개와 고양이와 여우 속에 깃들일 필요도 없을 거예요. 그와 함께할 수 있으면 충분할 거예요. 오직 그와 함께할 수만 있다면.

자동차 바퀴 아래에서 시골길이 속삭였다.

"톰." 앤이 마침내 입을 열었다.

"왜?" 그는 얼어붙은 눈으로 길을, 말을, 나무를, 하늘을, 별을 바라보고 있었다.

"만약 네가 앞으로 몇 년 안에, 어쩌다가 일리노이의 그린 타운에 들르게 된다면 말이야. 여기서 몇 마일 떨어져 있는 곳인데. 한 가지 부탁을 들어줄 수 있어?"

"뭔데?"

"잠시 들러서 내 친구 한 명을 만나줄 수 있을까?" 앤은 묘한 말투로, 띄엄띄엄 이렇게 말했다.

"왜?"

"좋은 친구거든. 그 애한테 당신 말을 했어. 주소를 적어줄게." 자동차가 그녀의 농장 앞에 멈추자, 그녀는 작은 손가방에서 연필과 종이를 꺼내어 달빛 아래에서, 무릎에 종이를 대고 글을 적었다. "여기 있어. 알아볼 수 있겠어?"

그는 종이를 보고는 당황한 듯 고개를 끄덕였다.

"언젠가 그 아이를 방문해주겠어?" 앤이 물었다.

"언젠가는." 그가 말했다.

"약속해?"

"이게 우리 문제하고 무슨 상관이야?" 그가 거칠게 소리쳤다. "내가 이런 이름이나 종이쪽에 왜 신경을 써야 하는데?" 그는 종이를 둥글게 구겨서 외투 속으로 쑤셔 넣었다.

"아, 제발 약속해줘!" 세시가 애걸했다.

"약속을……." 앤이 말했다.

"알았어, 알았어, 이제 날 좀 놔줘!" 그가 소리쳤다.

이제 지쳤어, 세시는 생각했다. 더 머물 수가 없어. 집으로 돌아가야 해. 힘이 약해지고 있어. 밤마다 이렇게 여행을 계속하는 일은 고작해야 몇 시간 정도가 한계야. 하지만 떠나기 전에……

"……떠나기 전에." 앤이 말했다.

그녀는 톰의 입술에 입을 맞췄다.

"이건 **내가** 키스하는 거야." 세시가 말했다.

톰은 그녀를 밀어내고는, 앤 리어리를, 그녀 마음속 깊고 깊은 곳을 바라보았다. 다른 아무 말도 하지 않았지만, 그의 얼굴은 천천히, 아주 천천히, 평정을 되찾고 있었다. 찌푸린 표정이 사라졌고, 딱딱하게 굳어 있던 입은 부드러움을 찾았다. 그는 달빛 속에 빛나는 그녀의 얼굴 속 깊은 곳을 바라보았다.

그리고 그녀를 차에서 내려준 다음, 작별 인사도 제대로 하지 않고 빠르게 길을 따라 차를 달려 내려갔다.

세시는 그대로 떠났다.

감옥에서 해방된 앤 리어리는 그대로 울음을 터트리면서, 달빛 아래 오솔길을 따라 달려가서는 집으로 들어가 문을 쾅 닫아버렸다.

세시는 아주 잠시 동안 머물렀을 뿐이다. 귀뚜라미의 눈 뒤편에서 그녀는 따스한 밤의 세상을 보았다. 개구리의 눈 뒤편에서 그녀는 웅덩이 가에 홀로 잠시 앉아 있었다. 밤새의 눈 뒤편에서 그녀는 달빛에 창백하게 빛나는 커다란 느릅나무 꼭대기에 앉아 두 채의 농가의 불이 꺼지는 모습을 보았다. 하나는 이곳에서, 하나는 1마일 떨어진 곳에서. 그녀는 자신과 자신의 가족을, 자신의 기이한 능력을, 그리고 가족 중에 언덕 너머 넓은 세상의 사람들과 결혼한 사람이 없다는 사실을 생각했다.

톰? 점차 약해지는 그녀의 정신이 밤새의 날개를 타고 나무를 떠나 들겨자풀이 가득한 풀밭을 날아갔다. **아직 그 종이쪽 가지고 있어, 톰? 언젠가, 몇 년 안에, 때가 오면, 나를 만나러 올 거야? 그러면 나를 알아볼 수 있을까? 내 얼굴을 보고, 나를 마지막으로 보았을 때를 기억할 수 있을까? 당신이 나를 사랑하고 내가 당신을 사랑한다는 사실을, 언제나, 진심으로 사랑한다는 사실을 기억할 수 있을까?**

그녀는 서늘한 밤하늘에서 잠시 머물렀다. 마을과 사람들로부터 백만 마일은 떨어진 곳에서, 농장과 대륙과 강과 언덕 하늘 위 높은 곳에서. **톰?** 부드러운 목소리로.

톰은 잠들어 있었다. 밤이 깊었다. 옷가지는 의자에 걸려 있었다. 그리고 하얀 베개 위, 머리 옆으로 조심스레 뻗은 한쪽 손이, 글자가 적힌 작은 종이를 쥐고 있었다. 천천히, 천천히, 한 번에 1인치씩, 손가락이 종이를 감싸서 꽉 붙들었다. 그리고 그는 뒤척이지도 않고, 알아채지도 못했다. 찌르레기 한 마리가 달빛이 깃든 유리창에 대고 가늘게, 사랑스럽게, 조용히 날갯짓한 다음, 그대로 소리 없이 날아올라 잠시 머뭇거린 후 동쪽으로, 잠든 대지 위를 날아 사라져버렸다는 것을.

6장
티모시는 언제?

"그럼 저는요, 할머니?" 티모시가 말했다. "저도 꼭대기 다락방 창문으로 들어온 건가요?"

"넌 찾아온 게 아니란다. 우리가 너를 찾아냈지. 셰익스피어로 발을 싸고, 포의 어셔 가를 베개 삼아 바구니 안에 들어 있었단다. 네 윗도리에는 '역사가'라는 쪽지가 핀으로 꽂혀 있었지. 너는 우리에 대해 적으라고, 목록을 만들라고, 태양에서 날아내려오는 모습과 달을 사랑하는 마음을 기록하라고 보낸 거란다. 하지만 어쩌면 너도 저택이 불렀다고 할 수도 있겠구나. 너는 글을 쓰고 싶어 조바심치며 작은 주먹을 꽉 쥐고 있었으니 말이다."

"뭘를요, 할머니? 뭘 써야 해요?"

긴 세월을 거친 입이 할짝거리다 중얼대고, 중얼거리다 다시 할짝댔다…….

"우선 이 저택부터 시작하면 될 것 같구나……."

7장

저택과 거미와 아이

저택은 신비 속에 도사린 수수께끼 한가운데의 퍼즐이었다. 서로 다른 수많은 침묵이, 서로 다른 크기의 수많은 침대가, 일부는 뚜껑이 덮인 채 그 안에 들어 있었다. 천장이 높은 곳에는 그림자들이 거꾸로 매달릴 수 있는 횃대를 줄지어 달 수도 있었다. 거실에는 열세 개의 의자가 똬리를 틀고 있었는데, 모두 13이라는 숫자를 붙여 누구도 그 숫자가 가지는 의미를 박탈당했다는 느낌을 가지지 않도록 세심하게 배려해놓았다. 그 위에 걸린 샹들리에는 500년 전 바다에서 사라진 영혼들의 고통스러운 눈물로 빚어낸 것이었다. 지하 저장고의 500년 동안 숙성된 오래된 고급 포도주 통에는 저마다 기괴한 이름이 적혀 있었고, 침대나 높은 천장의 횃대를 싫어하는 미래의 손님을 위한 비좁은 구석

공간도 있었다.

사방으로 얽힌 거미줄의 길을 사용하는 이는 단 한 마리뿐이었는데, 바로 저 멀리 위쪽에서 줄을 타고 아래로 내려와서 저택 전체를 하나의 방적돌기에서 짜낸 직물처럼 만들어버린 '아라크'라는 이름의 재빠른 거미였다. 포도주 저장고에서 모습을 보였다가도 다음 순간에는 폭풍에 시달리는 다락방에 소리 없이 모습을 드러내서는, 거미줄 위를 바삐 오가며 끊어진 줄을 수리하곤 했다.

이 저택에 방이, 작은 공간이, 옷장이, 저장고가 얼마나 많은 걸까? 누구도 알지 못했다. 천 개쯤 된다고 말하면 분명 과장이겠지만, 100개는 터무니없을 정도로 적었다. 159개 정도라고 하면 적당히 타협할 만한 숫자일 것이다. 그 모든 방은 한참 동안 텅 빈 채로 전 세계에서 거주자를 불러들였다. 구름 속에서 세입자를 끌어내기를 원했다. 텅 빈 유령 저택은 그 안을 배회할 유령 주민들을 갈망했다. 비바람은 100년에 걸쳐 지구를 맴돌며 저택의 소식을 전했고, 오랜 잠에 빠져 있던 온 세상의 죽은 이들은 뼛골 속으로 스며드는 놀라움에 벌떡 일어나 앉아, 단순히 죽어 있는 것 이상의 기괴한 존재가 되기를 원하며 옛 신분을 버리고 날아갈 준비를 시작했다.

온 세상의 가을 낙엽이 껍질에서 벗어나 흔들리며 여행을 시작해서, 미국 중부로 날아와 나무 위로 내려앉았다. 앙상한 가지를 드러내고 있던 나무는 다음 순간 히말라야에서, 아이슬란드에서, 케이프에서 날아온 가을 잎사귀로 화려하게 장식되었다. 발그레하게 달아오른 색조가 장례식처럼 장중하게 늘어서 붙었고, 마침내 나무는 시월의 모습으로 활짝 피어올라 핼러윈의 호박 머리와 흡사한 열매를 잔뜩 맺었다.

바로 그때…….

디킨스 작품에서 튀어나온 듯한 컴컴한 폭풍우 속에서, 길을 따라가던 어떤 사람이 저택 앞의 육중한 철문에 소풍 바구니를 하나 놓았다. 바구니 안에서는 무언가 울부짖고 훌쩍이고 울음을 터트리고 있었다.

문이 열리며 환영 위원회 사람들이 모습을 드러냈다. 위원회는 아내이자 훌쩍하게 키 큰 여성 한 명과 남편이자 그보다 더 크고 홀쭉한 남성 한 명, 그리고 리어 왕이 젊던 때에도 늙은 모습이었을 법한, 솥밖에 없는 부엌에서 식탁에 올리면 안 되는 수프만 끓일 법한 모습의 노파로 구성되어 있었다. 세 사람은 몸을 숙여 소풍 바구니를 들어 올린 다음 검은 천을 젖히고 아기를 발견했다. 태어난 지 한두 주밖에 되지 않아 보였다.

그들은 동틀 녘 떠오르는 태양처럼 분홍색을 머금은 아기의 피부에, 봄바람 같은 아기의 숨결에, 새장 속 벌새의 날갯짓 소리처럼 가늘게 뛰는 아기의 맥박 소리에 깜짝 놀랐다. 안개와 늪지의 여주인이란 이름으로 알려진 이는 문득 세상에서 가장 작은 거울을 손에 들었다. 그녀의 모습은 거울에 비치지 않기 때문에, 자신의 얼굴을 살피는 것이 아니라 낯선 이들에게 뭔가 문제가 있는지를 살피려고 사용하는 물건이었다.

"아, 이것 좀 보렴." 노파는 이렇게 외치며 거울을 작은 아기의 볼에 가까이 댔다. 순간 세상에! 모두 깜짝 놀라버렸다.

"이런, 세상 모든 이가 저주받을 일이 있나." 얼굴이 수척하고 창백한 얼굴의 남편이 말했다. "거울에 얼굴이 비치지 않습니까!"

"우리 쪽 사람이 아니야!"

"하지만, 여보." 아내가 말했다.

작고 푸른 눈이 그들을 올려다보았고, 그 눈빛이 거울에 되비쳤다. "건드리지 마시오." 남편이 말했다.

그대로 집 안으로 사라져서 아기의 운명을 들개와 길고양이들의 손에 맡기기 직전, 어둠의 여주인은 "안 돼요!"라고 외치며 몸을 돌려 손길을 뻗어 바구니와 아기와 그 안의 모든 다른 것들을 끌어안고 오솔길을 따라 저택으로 돌아가서, 홀을 가로질러 방으로 들어갔다. 방은 순식간에 보육실이 되어 사방의 벽과 천장까지 모두 이집트의 무덤에 함께 묻힌 장난감의 그림들로 가득 차버렸다. 파라오의 아이들이 천 년 동안 어둠의 강을 따라 여행하다가, 잠시 우울한 시간을 잊고 입가에 미소를 드리울 수 있도록 함께 묻어준 물건들이었다. 흠뻑 절인 강아지와 고양이의 모습도 사방의 벽에 떠올랐고, 밭을 갈아 몸을 숨기려는 밀밭과 죽은 이의 식량인 빵과 파 다발 또한 모습을 드러냈다. 슬픔에 잠겨 있던 어느 파라오가 죽은 아이들의 건강을 위해 넣어준 물건이었다. 이런 무덤 같은 보육실 속, 차가운 왕국의 한가운데로, 빛처럼 밝게 웃는 아기가 들어와 머물렀다.

겨울과 가을이 깃든 저택의 여주인은 바구니를 건드리며 말했다. "신성한 빛과 생명의 언약에 대해 말하던 성인이 티모시라는 이름이 아니었던가요?"

"그렇소."

어둠의 여주인은 말했다. "그러니 성인들보다 사랑스럽고, 성인들과는 달리 내 의심을 멈추어주고 공포를 가라앉히는 이 아이 또한 티모시라고 부르겠어요. 괜찮지, 아가?"

자신의 이름을 들은 바구니 속의 새 주민은 기쁘게 울음을 터트렸다.

그 소리는 꼭대기 다락방까지 올라가 꿈에 잠겨 있는 세시가 밀려오는 잠의 물결 속에서 몸을 뒤척이게 만들었다. 고개를 들어 낯설고 행복한 울음소리에 다시 귀를 기울이는 그녀의 입가에 미소가 맺혔다. 한동안 저택은 묘할 정도로 잠잠했고, 모든 이들이 무슨 일이 벌어질까 두려워했다. 남편은 꿈쩍도 하지 않고 아내는 몸을 반쯤 수그린 채 무얼 해야 할지 고민하고 있는 동안, 세시는 자신이 여행하는 것만으로는 충분하지 못하다는 사실을, 사방 이곳저곳으로 날아다니며 보고 듣고 맛본 모든 것을 다른 누군가에게 털어놓고 함께 나누어야 한다는 사실을 깨달았다. 그를 위해 이야기꾼이 등장한 것이다. 아기의 작은 울음소리는 보고 들은 모든 것을 그 작은 손으로, 머지않아 강하고 거칠고 재빠르게 자라날 손으로, 모두 잡아내서 종이 위에 기록하겠다는 선언이었던 것이다. 이런 약속을 느끼면서, 세시는 소리 없는 생각을 가느다란 거미줄처럼 내려뜨려 아기에게 환영의 뜻을 전하고 그 주변을 둘러싸 서로가 하나 되었음을 알려주었다. 부드러운 손길에 안심한 티모시는 울음을 멈추고 잠이라는 이름의 투명한 선물을 받아들였다. 그 모습에 남편의 굳은 얼굴에도 미소가 떠올랐다.

그리고 그때까지 모습을 보이지 않던 거미 한 마리가 모포 더미 속에서 기어 나와서, 주변의 공기를 살피고는, 재빨리 아기의 손으로 달려가서는 악몽처럼 단단히 손가락에 달라붙었다. 앞으로 등장할 궁정과 그에 속한 모든 그림자 궁정 인물들을 축복하게 될 교황의 반지처럼. 분홍색 피부 위에 꼼짝도 하지 않고 붙어 있는 모습이 마치 흑요석 조각처럼 보였다.

그리고 자신의 손가락에 무엇이 붙었는지도 알지 못하는 티모시는 세시의 드넓은 꿈속에서 작은 안식처를 찾았다.

8장
먼 길을 온 생쥐

저택에 단 한 마리의 거미가 있는 이상, 마찬가지로—

단 한 마리의 생쥐도 필요했다.

삶을 떠나 불멸과 제1왕조의 이집트 무덤 속으로 도주한 작은 유령 설치류는, 호기심 많은 보나파르트의 병사들이 봉인을 뜯어준 다음에야 무덤에서 나올 수 있었다. 그때 함께 풀려난, 박테리아 가득한 바람은 병사들을 죽여버렸고, 훗날 나폴레옹이 떠나 코에 포탄 자국이 남고 운명의 여신의 힘으로 앞발을 벌린 스핑크스만이 남게 되었을 때 파리를 혼란에 빠지게 만들었다.

어둠에서 해방된 유령 생쥐는 항구로 가서 화물과 함께 여행을 했지만, 고양이들과는 달리 마르세유에서 런던을 거쳐 매사

추세츠로 향했고, 한 세기가 흘러 아기 티모시가 가족의 문간에 모습을 드러낸 바로 그 순간 저택에 도착했다. 생쥐가 문지방 아래를 탁탁 두들기자, 여덟 다리를 가진 존재가 잔뜩 긴장한 채로 나와서 독니를 품은 머리 위로 수많은 다리를 흔들었다. 깜짝 놀란 생쥐는 그대로 자리에 얼어붙은 채, 현명하게도 이후 몇 시간 동안 꼼짝도 하지 않았다. 마침내 거미로 만든 교황 반지가 감시에 지쳐 아침 식사로 파리를 먹으려고 자리를 떴다. 그러자 생쥐는 그대로 목조 구조물 사이로 모습을 감춘 다음, 갉작이는 소리를 내며 비밀 통로를 따라 보육실로 들어왔다. 아무리 작거나 이상하더라도 상관없이 친구가 필요한 아기 티모시는 담요 아래에서 생쥐를 반갑게 맞이하고, 평생 돌볼 친구로 삼기로 했다.

그리하여 성자가 아닌 티모시는 쑥쑥 자라나 어린이가 되었고, 생일 케이크에는 열 개의 초가 꽂히게 되었다.

그로부터 얼마 지나지 않아, 저택과 고목과 가족은, 천 번 고조할머니와 다락방 모래 속의 세시는, 그리고 한쪽 귀에는 거미, 어깨에는 생쥐, 무릎에는 아누바를 올린 티모시는 세상에서 가장 대단한 귀향을 기다리게 되었다…….

9장
귀향 파티

"다들 오는 중이네." 꼭대기 다락방의 먼지 속에 누운 채로, 세시가 말했다.

"다들 어디 있는데?" 창가에서 밖을 내다보던 티모시는 큰 소리로 물었다.

"몇 명은 유럽에서 건너오고, 몇 명은 아시아에서 건너오고, 섬에서 오는 사람들도 있고, 남미에서 오는 사람들도 있지!" 세시는 눈을 감은 채로, 긴 갈색 속눈썹을 떨면서, 살짝 입을 열고 나직한 소리로 재잘거렸다.

티모시는 나무 바닥과 여기저기 쌓여 있는 파피루스를 밟으며 나와 물었다. "그 '다들'이 누군데?"

"에이나르 아저씨와 프라이 아저씨, 사촌 윌리엄도 있고, 프

룰다와 헬가와 모르지아나 숙모님도 있고, 사촌 비비안에, 요한 숙부님도 보이네! 빠르게 다가오고 있어!"

"다들 하늘에 떠 있는 거야?" 티모시가 눈을 반짝이며 큰 소리로 물었다. 침대 옆에 서 있는 아이는 열 살이라는 나이에 더없이 어울리는 모습이었다. 창밖에서 바람 소리가 울렸다. 어둑한 집 안을 밝히는 것은 오직 별빛뿐이었다.

"하늘을 날아오기도 하고, 땅으로 오기도 하지. 다양한 모습으로." 세시는 잠든 채 말했다. 그녀는 꼼짝도 않고 누워서 자신이 본 모습을 속으로 정리해 말하기 시작했다. "컴컴한 강에서 얕은 곳을 찾아 건너는 늑대처럼 생긴 짐승이 보여. 폭포 바로 위에서, 별빛이 털가죽 위에 불타는 문양을 새기고 있어. 하늘 높이 날아오르는 단풍잎도 보여. 작은 박쥐가 날아오는 모습도 보여. 온갖 짐승들이 숲속 나무 아래에서 달리고 가장 높은 가지 사이로 미끄러져 나가는 모습도 보여. 다들 이리로 오고 있는 거야!"

"시간에 맞춰 올 수 있을까?" 거미가 티모시의 옷깃에 매달린 채 검은색 진자처럼 흔들리며 흥분해서 춤을 추었다. 소년은 누나에게 몸을 기대며 물었다. "귀향 파티 시간에 맞춰 올 수 있을까?"

"그럼, 물론이야, 티모시!" 세시의 몸이 뻣뻣하게 굳었다. "얼른 가! 나는 사랑하는 장소들로 여행을 떠나야 하니까!"

"고마워!"소년은 홀로 나가서 자기 방으로 돌아갔다. 침대 정리를 해야 했다. 해 질 무렵에 자리에서 일어나자마자, 별이 모습을 드러내자마자, 세시와 함께 흥분을 나누러 달려갔던 것이다.

소년이 세수를 하는 동안, 거미는 은빛 올가미에 몸을 의지해 가는 목에 매달려 있었다. "너도 알지, 아라크, 내일 밤이야! 핼러윈 이브라고!"

소년은 고개를 들어 거울을 바라보았다. 저택 안에 단 하나뿐인 거울이었다. 어머니가 소년의 '질병' 때문에 특별히 허락해 준 물건이었다. 아, 그런 끔찍한 병을 앓고 있지만 않았더라면! 소년은 입을 벌려 자연이 그에게 선사한 끔찍하게 못생긴 치아를 살펴보았다. 옥수수 알갱이처럼 둥글고 부드럽고 하얀 이라니! 게다가 송곳니는 조금도 날카로운 기색이 없는 뭉툭한 부싯돌 같은 모습이고!

황혼이 사라졌다. 소년은 지친 채로 초에 불을 붙였다. 지난주 내내 티모시 가족은 예전에 살던 나라에서처럼 살았다. 낮 동안은 잠들어 있다가, 해가 지면 일어나서 준비를 서두르곤 했다.

"아, 아라크, 아라크, 나도 가족들처럼 **진짜로** 낮에 잘 수 있었으면 좋겠어!"

소년은 초를 들었다. 강철같이 단단한, 발톱같이 날카로운 이빨을 가질 수 있다면! 아니면 이집트의 모래 위에 잠들어 있는 세시처럼, 자신의 마음을 자유롭게 보내는 능력이 있다면! 하지만 터무니없는 일이었다. 소년은 심지어 어둠을 두려워할 정도였으니까! 게다가 잠자리도 **침대**였다! 지하에 있는 광택이 나는 훌륭한 상자들이 아니라! 가족들이 그를 주교의 아들이라도 되는 양 조심스레 다루는 것도 당연한 일이었다! 어깨에서 날개가 자라나기만 한다면! 소년은 웃통을 벗고 물끄러미 등 쪽을 바라보았다. 날개는 없었다. 날 수 없는 것이다!

아래층에서는 부드러운 검은 천이 미끄러지듯 올라와 휘감기는 소리가 들렸다. 홀을, 모든 천장을, 문 하나하나를! 검은 불빛이 타오르며 계단 난간을 올라왔고, 그와 함께 지하실에서 아버지와 어머니의 목소리도 울리기 시작했다.

"아, 아라크, 다른 사람들이 나도 파티에 끼워줄까? 그러니까, 진짜로 파티에 참여하게 해줄까?" 티모시가 말했다. "독버섯과 거미줄을 모으고, 비단 천을 달고, 호박을 파내는 걸 말하는 게 아니야. 뛰어 돌아다니고, 소리치고, 웃고 떠들고, 파티를 즐길 수 있을까? 응?"

아라크는 대답 대신 거울 위에 거미줄을 쳤다. 거미줄 가운데에는 '턱도 없지!'라는 글자가 떠올라 있었다.

아래층에서는 단 한 마리뿐인 고양이가 정신없이 뛰어다니는 소리가 들렸고, 마찬가지로 단 한 마리뿐인 생쥐도 벽 속에서 두려움이 깃든 갉작이는 소리를 울리고 있었다. 마치 모든 곳에서 "귀향 축제다!"라고 외치는 것만 같았다.

티모시는 다시 깊이 잠든 세시 곁으로 올라왔다. "지금 어디 있어, 세시?" 소년은 속삭였다. "하늘에? 땅 위에?"

"곧 도착해." 세시가 중얼거렸다.

"곧." 티모시는 활짝 웃었다. "핼러윈이! 곧 온다고!"

소년은 그녀의 얼굴에 맺힌 기묘한 새와 어슬렁거리는 짐승들의 그림자를 살피며 뒤로 물러섰다.

열려 있는 지하실 문 쪽에서 축축한 흙냄새가 올라왔다. "아버지?"

"여기 있다!" 아버지가 소리쳤다. "어서 이리 오너라!"

티모시는 천장으로 몰려오는 수많은 그림자들을, 손님들이 도착할 것이라는 언약을 바라보며 잠시 머뭇거리다, 결국 지하실로 뛰어내려갔다.

아버지는 길쭉한 상자를 닦던 손길을 멈추더니, 상자를 쿵 하고 두들기며 말했다. "에이나르 삼촌을 위해 이걸 닦아놓아라!"

티모시는 상자를 멍하니 바라보았다.

"에이나르 삼촌은 정말 크네요! 7피트약 213센티미터쯤 되나요?"

"8피트약 244센티미터지!"

티모시는 상자를 광이 나게 닦았다. "그러면 몸무게도 260파운드약 118킬로그램는 나가겠네요?"

아버지는 코웃음을 쳤다. "300파운드약 136킬로그램는 나가지! 그리고 그 안쪽은 뭐일 것 같으니?"

"설마 **날개** 들어갈 자리예요?" 티모시가 소리쳤다.

아버지는 큰 소리로 웃었다. "그래, 날개가 들어갈 자리란다."

아홉 시가 되자 티모시는 시월의 바람 속으로 뛰어나갔다. 두 시간 동안 따뜻해졌다 차가워졌다를 반복하는 바람 속에서, 소년은 작은 숲을 돌아다니며 독버섯을 모았다.

소년은 농장 옆을 지나쳤다. "우리 집에 지금 무슨 일이 벌어지고 있는지 당신들은 모르죠!" 소년은 불 켜진 창문을 향해 이렇게 말했다. 그리고 언덕에 올라 몇 마일 떨어진 곳에서 천천히 잠 속으로 빠져드는 마을을, 높은 교회탑 위에서 둥글고 하얀 얼굴로 마을을 내려다보는 시계를 바라보았다. 당신들도 모르죠. 소년은 이렇게 생각했다.

그리고 독버섯을 집으로 가져갔다.

지하 저장고에서는 축하 의식이 벌어지는 중이었다. 아버지는 어둠의 주문을 암송하고, 어머니는 상아처럼 하얀 손을 이리저리 움직이며 기괴한 축복을 내리고, 위층에 누워 있는 세시를 제외한 모든 가족이 모여 있었다. 그러나 세시 또한 그곳에 있었다. 지금 비온의 눈을 통해, 다음에는 새뮤얼의 눈을 통해, 이번에는 어머니의 눈을 통해 내다보고 있다는 것을 느낄 수 있었다. 문득 그녀가 자신의 눈을 움직이는 것이 느껴지더니, 다음 순간에는 사라져버렸다.

티모시는 어둠을 향해 기도를 올렸다.

"부디, 제발, 저도 지금 도착할 가족들처럼 자라나게 해주세요. 늙지도 않고, 죽을 수도 없는 존재가 되게 해주세요. 다른 가족들은 자기들이 어떻게 해도 죽을 수가 없거나, 먼 옛날에 이미 죽은 이들이라고 말했어요. 세시도 그렇게 말하고, 어머니와 아버지도, 할머니도 그렇게 속삭이시는데, 그리고 이제 다른 가족들도 모두 오는데 저는 아무것도 될 수가 없어요. 벽을 뚫고 들어오거나 나무 위에 살거나 땅속에 살다가 17년 만에 비가 내리면 물을 타고 흘러나오는 이들도, 무리를 지어 뛰어나오는 이들도 될 수가 없어요! 저도 그렇게 되게 해주세요! 모두 영원히 사는데, 왜 저는 그럴 수 없나요?"

"영원히 살 수 있을 거야." 기도를 들은 어머니의 목소리가 들려왔다. "아, 티모시, 분명 방법이 있을 거란다. 함께 찾아보자꾸나! 그리고 이제—."

창문이 덜컹거렸다. 할머니의 리넨 파피루스 자락이 펄럭였다. 벽 속의 딱정벌레들이 일제히 째깍대는 소리를 울리기 시작했다.

"이제 시작이다." 어머니는 소리 높이 외쳤다. "**시작이야!**"

그렇게 바람이 불어닥쳤다.

　눈에 보이지 않는 거대한 야수처럼 밀어 닥친 바람을 타고,
한탄과 탄식의 계절을 휩쓸고 지나가는 소리가, 어둠의 축복을
사방으로 퍼트리는 소리가, 그 모든 것이 다시 북부 일리노이의
한 장소로 모이는 소리가 찾아와 온 세상에 울려 퍼졌다. 온갖
소리가 해일처럼 밀어닥쳤다. 바람이 피어올라 천사 석상의 눈
에 고여 있던 묘석의 먼지를 쓸어오고, 무덤에서 유령이 된 육
신을 빨아들이고, 이름 없는 장례식의 꽃들을 주워 들고, 드루
이드의 나무를 흔들어 메마른 낙엽의 빗줄기를 허공으로 흩뿌
렸다. 사나운 구름의 바다 속에서는 탈피한 껍질과 광기로 타오
르는 눈을 가진 무리가 자신을 찢어 허공에서 날아오는 이들을
환영하는 깃발처럼 흔들었다. 하늘은 점차 먼 옛날을 떠올리게
만드는 온갖 소리들로 가득 메워졌고, 농장 안뜰에 잠들어 있던
수많은 이들은 눈물을 흘리며 잠에서 깨어나 밤새 아무도 모르
게 비가 내렸다고 짐작했다. 낙엽을 빨아들이는 폭풍의 강은 바
다를 건너 끝없이 휘몰아치며 날아왔고, 마침내 낙엽과 먼지가
뒤섞인 채로 도착해 언덕 위를, 저택 위를, 환영 파티 위를, 다
른 무엇보다 세시 위를 맴돌았다. 다락방의 모래 위에 잠든 그
녀의 마음을 두드리며 허락을 구하는 숨결을 내뿜었다.

　가장 높은 다락방에 있던 티모시는 세시가 눈을 한 번 깜빡
이는 모습을 지켜보았다. 그리고 뒤이어―.

한쪽에서 열 개, 다른 쪽에서 스무 개, 저택의 창문이 활짝 열려 고대의 공기를 빨아들였다. 모든 창문이 열리자 이어 모든 문들이 활짝 열리며 저택 전체가 거대한 굶주린 입으로 변해, 환영의 소리를 헐떡이며 밤을 빨아들이기 시작했다. 모든 옷장과 저장 창고와 다락방의 선반이 일제히 어둠의 기운으로 떨리기 시작했다!

피와 살을 가진 석상처럼 몸을 빼고 밖을 내다본 티모시는 수많은 무덤의 흙, 거미줄과 날개와 시월의 낙엽과 무덤가의 꽃들이 지붕 위에 두텁게 내려앉는 모습을 목격했다. 그러는 동안에도 길을 따라 걸음을 서두르고 숲을 타고 내려오는 수많은 그림자들이, 이빨과 보드라운 앞발과 펄럭이는 귀를 가진 존재들이 달을 향해 울부짖으며 언덕 주변으로 모여들고 있었다.

하늘과 땅에서 진군하는 무리들은 저택에 도착해 합류해서 모든 창문으로, 굴뚝으로, 문으로 들어왔다. 우아하게 비행하는 이들도, 정신없이 이리저리 붕붕대는 이들도, 똑바로 서서 걷는 이들도, 네 발로 뛰는 이들도 있었다. 방주의 장례식 행렬에서 쫓겨나 눈멀고 광기에 빠진 노아에게, 쇠스랑을 허공에 휘두르며 새된 소리를 질러대는 노인에게 쫓겨나며 작별인사를 건넸던 절뚝이는 그림자들도 있었다.

그림자와 구름과 비가 홍수처럼 밀려드는 동안 가족들은 모두 잠시 물러서 있었다. 손님들의 목소리가 지하 창고를 가득 채우고 죽었다가 다시 소생한 날짜가 적힌 포도주 통을 가득 채웠다. 기괴한 모습의 숙모와 숙부들이 안락의자에 자리를 잡았다. 자신보다 더 고약한 걸음걸이를 가진 도우미들을 대동한 부엌 노파가 모습을 드러냈고, 끔찍하게 뒤틀린 사촌들과 오랫동안 보지 못한 괴팍한 조카들이 비척이거나 꿈틀대거나 샹들리에 주변을 춤추듯 펄럭이며 등장했다. 나중에 붙은 설명에 따르면 부적자의 부자연스러운 불생존을 거친 이들이 지하 공간을 가득 메우는 것이 느껴졌다. 벽에 걸린 그림들이 이리저리 비뚤어지고, 생쥐는 이집트의 연기로 가득한 연통 안을 부산하게 돌아다녔으며, 티모시의 목에 앉은 거미는 귓구멍 속으로 피신해서 소리를 막은 채 '안식처'를 찾았다. 티모시 본인은 한쪽으로 몸을 피해 서서 경탄하는 표정으로 모든 소란을 잠든 채 지휘하는 세시를 바라보고 있었다. 소년의 시선은 이내 리넨 천이 자부심으로 터질 듯 부풀어 오르고 청금석 눈이 활활 타오르고 있는 천 번 고조할머니 쪽으로, 그리고 온갖 진동과 폭음으로 가득한 아래층 쪽으로 향했다. 한밤중의 피조물들을 가두어 놓은 거대한 새장 속에 떨어진 것처럼, 끔찍한 소리가 계속해서 들려왔다. 모두 도착한 즉시 떠나려고 애를 쓰는 것만 같았다. 그러나 마침내 부서지는 꽝음과 천둥소리가 들리며, 마지막 남은 먹구름이 뚜껑처럼 달빛 가득한 지붕 위를 덮고, 창문이 하나씩, 뒤이어 문이 하나씩 닫혔다. 하늘은 맑게 개고 길 위에는 아무도 남지 않았다.

그리고 이 모든 일이 벌어지는 한가운데 못박혀 서 있던 티모시는 기쁨의 탄성을 내질렀다.

그 소리에 천 개의 그림자들이 일제히 고개를 돌렸다. 2천 개의 짐승 눈동자가 노란색으로, 녹색으로, 유황 같은 금빛으로 타올랐다.

그리고 자신을 가운데 놓고 정신없이 회전하는 소용돌이 속에서, 이유 모를 기쁨에 사로잡혀 있던 티모시는 그대로 휘말려 들어가 한쪽 벽으로 날아가 부딪친 다음 단단히 붙들려버렸다. 옴짝달싹 못하는 채로, 혼자서, 온갖 형체와 크기를 가진 안개와 연기들이 얼굴과 발굽 달린 다리로 변하며 자신을 흔들면서 벽에서 떼어내는 모습을 지켜보고만 있었다. "그래, 네가 바로 티모시인 모양이로구나! 그래, 그래! 이렇게 따뜻한 손이라니. 얼굴하고 볼이 달아오를 정도로 뜨거워. 이마에서는 땀이 흐르고. 땀을 흘려본 지 얼마나 됐는지. 이건 또 뭐야?" 비쩍 마르고 털이 숭숭한 주먹이 티모시의 가슴을 두드렸다. "아주 작은 심장이 있구나. 모루처럼 쿵쿵 망치질을 하고 있잖아. 그렇지?"

수염 난 얼굴이 티모시를 내려다보고 있었다.

"그래요." 티모시는 대답했다.

"불쌍한 꼬마야. 이제 그것도 다 끝이다. 우리가 곧 멈추어줄 테니까!"

큰 소리로 웃음을 터트리며, 차가운 손과 달빛처럼 차가운 얼굴은 소년에서 떨어져 집 안을 휘도는 춤 속으로 빨려들어갔다.

문득 가까운 곳에서 어머니의 목소리가 들렸다. "방금 그 사람은 제이슨 숙부란다."

"마음에 안 들어요." 티모시가 속삭였다.

"좋아할 수 없겠지. 아무도 좋아할 수 없는 사람이야. 애초에 불가능한 일이란다. 저 사람은 장례식 행렬을 이끄는 일을 하거든."

"갈 곳이 하나밖에 없는데 장례식 행렬을 이끌 필요가 있나요?" 티모시가 말했다.

"좋은 지적이로구나! 저 사람한테도 조수가 필요하겠어!"

"난 안 할 거예요." 티모시가 말했다.

"너는 안 되지." 어머니는 즉각 대답했다. "그럼 이제 초에 불을 더 붙여라. 포도주도 나르고." 그녀는 티모시에게 찰랑거리는 잔 여섯 개를 담은 쟁반을 건네주었다.

"이건 포도주가 아니잖아요, 어머니."

"포도주보다 나은 음료지. 우리처럼 되고 싶으니, 티모시?"

"네. 아뇨. 네. 아뇨."

소년은 큰 소리로 대답하고는 쟁반을 그대로 바닥에 떨어트리고 정문을 통해 밤의 어둠 속으로 달려 나갔다.

바로 그 순간 날개가 눈사태처럼 밀려 내려와 소년의 얼굴을, 팔을, 손을 휘감았다. 혼돈이 펄럭이며 소년의 귓가를 스치고 지나가고, 눈두덩을 두드리고, 높이 쳐든 주먹을 감쌌다. 하늘에서 무덤의 흙이 떨어져 내리는 듯한 끔찍한 굉음 속에서, 소년은 무시무시한 미소를 머금은 얼굴을 알아보고 소리쳤다. "숙부! 에이나르 숙부!"

"에이나르 아저씨라고 불러라!" 얼굴은 이렇게 소리치고는 소년을 들어 밤하늘 높이 던졌다. 소년은 비명을 지르며 그대로 떨어져 내리다 날개를 가진 남자의 손에 다시 붙들려 허공을 빙빙 돌았다. 웃음소리가 소년의 사방을 휘감았다.

"내가 누군지 어떻게 알았니?" 남자가 소리쳤다.

"날개를 가진 숙부는 한 명밖에 없으니까요." 지붕 위로 솟구쳐 날아가며, 쇠로 만든 가고일 상을 지나 지붕널을 스치듯 날아가며, 동서남북의 농장들이 모두 내다보이는 곳까지 날아오르며, 티모시는 헐떡이며 대답했다.

"날아보아라, 티모시, 나는 거다!" 거대한 박쥐 날개를 가진 숙부가 말했다.

"날고 있어요, 날고 있잖아요!" 티모시가 헐떡였다.

"아니, **진짜로** 날아보라는 거야!"

크게 웃음을 터트리며, 선량한 숙부는 티모시를 허공으로 던졌다. 티모시는 팔을 퍼덕이며, 비명을 지르며, 그대로 떨어지다가 다시 숙부의 팔에 붙들렸다.

"그래, 그래, 언젠가는 되겠지!" 에이나르 아저씨가 말했다. "잘 생각해봐라. 그리고 소원을 비는 거다. 소원을 빌면 이루어지게 돼 있어!"

티모시는 주변을 감싸고 펄럭이는, 하늘을 가득 메우고 별의 모습을 감추는 날개 속 허공에 뜬 채로 눈을 꼭 감았다. 어깻죽지에서 작은 불길이 타오르는 느낌이 들었다. 소년은 그 불길이 싹을 틔워 자라나기를, 활짝 펼쳐지기를 빌었다! 지옥과 악마여, 악마와 지옥이여! 소원을 들어주소서!

"언젠가는 그렇게 될 거다." 에이나르 아저씨는 소년의 생각을 가늠하고 이렇게 말했다. "언젠가는. 너는 내 조카가 아니냐! 얼른 가보자!"

그들은 지붕을 스치듯 날아 세시가 꿈꾸고 있는 다락방의 모래언덕을 들여다보고는, 시월의 바람을 붙들고 구름 위로 날아올랐다가, 부드럽게 하강해서 현관 앞에 내려앉았다. 눈이 있을 자리에 안개를 머금고 있는 스물가량의 그림자가 예의 바르게 웅성거리며 빗소리처럼 울리는 박수로 그들을 맞이했다.

"나쁘지 않은 비행이었지, 티모시?" 아저씨는 소리쳤다. 에이나르 아저씨는 중얼거리는 법이 없었다. 모든 말이 최고조에 달한 오페라 아리아처럼 격렬한 폭음으로 들렸다. "즐거웠니?"

"최고였어요!" 티모시는 기쁨의 눈물을 흘리며 말했다. "아저씨, 정말 고마워요."

"첫 수업이었을 뿐이다." 에이나르 아저씨는 큰 소리로 선언했다. "저 모든 하늘이, 대기가, 구름이, 지금 내 것인 것처럼 언젠가 이 아이의 것이 될 것이다!"

폭우와 같은 박수 소리가 다시 한 번 쏟아지는 속에서, 에이나르는 티모시를 데리고 응접실에서 일렁이는 유령들과 만찬장에서 포식을 즐기는 거의 해골이 된 친척들 사이로 들어갔다. 굴뚝에서 뿜어져 나온 형체 없는 연기가 기억 속에 있는 조카와 사촌들의 모습으로 바뀌더니, 어느새 그을음을 떨구고 육신이 되어 춤추는 이들이나 연회장의 손님들 사이로 끼어들었다. 멀리 농장에서 닭 울음소리가 들리기 전까지 연회가 이어졌지만, 소리가 들리자 모두 그대로 움직임을 멈추었다. 흥분이 순식간에 사그라졌다. 연기와 안개와 빗방울로 만들어진 형상이 지하 저장고 계단을 따라 내려가며 녹아내려서 포도주 통과 황동 이름표가 붙은 뚜껑이 달린 상자 속으로 차곡차곡 쌓이고 눕고 포개졌다. 마지막으로 에이나르 아저씨가 허공을 울리며 하늘에서 날아 내려오더니, 머릿속에 희미하게 남은 죽음의 기억을, 어쩌면 자신의 기억을 호탕한 소리로 비웃고는 가장 긴 상자를 찾아 자리를 잡았다. 그는 날개의 양쪽에 웃음을 포갠 채 고이 접어 붙이고, 거미줄로 만든 박쥐 날개의 맨 끝부분을 장례식 천처럼 가슴 위에 올린 채로, 눈을 감고 고개를 끄덕여 보였다. 그 고갯짓에 이끌린 상자 뚜껑이 하늘 위에 있을 때와 똑같은 웃음 위로 그대로 내리덮였다. 저장고에는 침묵과 어둠만이 남았다.

티모시는 싸늘한 새벽 공기 속에 홀로 남았다. 모두 가버렸기 때문에, 모두 빛을 두려워하며 잠자리에 들었기 때문에. 소년은 혼자였다. 햇살과 낮을 사랑하면서도 어떻게든 어둠과 밤을 사랑하고 싶은 소년은 터덜터덜 저택의 계단을 끝까지 걸어 올라갔다. 소년은 중얼거렸다. "나 지쳤어, 세시. 그런데 잠들 수가 없어. 잘 수가 없다고."

"이리 오렴." 세시가 중얼거렸다. 소년은 그녀 옆의 이집트 모래 위에 누웠다. "내 말에 귀를 기울여. 자는 거야. 잠드는 거야."

세시의 말에 따라, 소년은 잠들었다.

해가 졌다.

서른여섯 개의 길고 움푹 패인 상자 뚜껑들이 일제히 활짝 열렸다. 서른여섯 뭉치의 가느다란 실이, 거미줄이, 엑토플라즘이 몰려나와 고동치더니 형체를 이루었다. 서른여섯 명의 사촌과 조카와 숙모와 숙부들이 떨리는 공기 속에서 녹아내리듯 모습을 갖추었다. 한쪽에서 코가, 다른 쪽에서 입이, 한 쌍의 귓바퀴가, 높이 쳐든 팔과 꼼지락거리는 손가락이 나타나서, 땅으로 다리가 뻗어 내리기를 기다렸다가, 그대로 저장고 바닥을 내디디며 앞으로 걸어 나갔다. 그러는 동안 포도주 통의 뚜껑이 활짝 열리며 오래 묵은 포도주가 아닌 날개를 닮은 가을 낙엽이, 가을 낙엽을 닮은 날개가 쏟아져 나와 소용돌이치며 계단을 따라 올라갔다. 텅 빈 굴뚝을 타고 재가 섞인 연기가 밀려들었고, 보이지 않는 악사들이 음정을 맞추기 시작했으며, 거대한 쥐 한 마리가 피아노에서 화음을 연주하고는 박수갈채를 기다렸다.

그 한가운데에서, 티모시는 짐승 소년에 부딪쳐 튕겨 나가 화산처럼 큰 소리로 웃어젖히는 끔찍한 친척과 충돌한 다음, 간신히 빠져 나와 부엌으로 도망쳤다. 빗방울 가득한 유리창에 무언가 웅크린 채 붙어 있는 모습이 보였다. 그것은 한숨 짓고 눈물을 흘리며 계속해서 유리창을 두드렸다. 문득 정신을 차리고 보니 소년은 밖에서 안을 들여다보고 있었다. 빗방울이 몸을 두드리고, 바람이 몸을 차갑게 식히고, 어둠을 밝히던 저택 안의 촛불도 전부 사라져버렸다. 모두 춤추고 있었지만 그는 춤출 수 없었다. 모두가 먹고 있는 음식을 그는 먹을 수 없었다. 모두를 취하게 하는 포도주를 그는 마실 수 없었다.

티모시는 오한에 몸을 떨면서 위층으로, 달빛에 반짝이는 모래와 여인의 형상을 가진 모래언덕과 그 가운데 잠들어 있는 세시에게로 향했다.

"세시. 오늘 밤은 어디 있는 거야?" 소년은 부드럽게 물었다.

그녀가 중얼거렸다. "서쪽 멀리. 캘리포니아야. 진흙 웅덩이와 증기가 솟아나오는 샘 옆에 소금 호수가 있는 고요한 곳이야. 나는 지금 나무 베란다에 앉아 있는 농부의 아내야. 해가 지고 있네."

"또 뭐가 있어, 세시?"

"진흙 웅덩이가 속삭이는 소리가 들려." 그녀가 대답했다. "진흙 웅덩이에서 증기가 작은 회색의 거품을 타고 올라오고 있어. 고무막처럼 부풀어 오른 거품이 젖은 입술 같은 소리를 내면서 터져 나가. 먼 옛날의 유황과 땅속 깊은 곳의 불길의 냄새가 느껴져. 공룡이 저 안에서 2억 년 동안 요리되고 있는 거야."

"아직 안 익은 거야, 세시?"

잠든 세시의 차분하게 닫힌 입술에 미소가 떠올랐다. "물론 다 익었지. 이제 산봉우리 사이로 완전히 밤이 깃들었어. 나는 이 여인의 머릿속에서, 두개골에 뚫린 작은 구멍을 통해 밖을 내다보면서, 정적에 귀를 기울이고 있어. 커다란 날개를 가진 익룡처럼 비행기가 날아가네. 저 멀리 티라노사우루스 굴착기들이 굉음을 울리며 높이 날아가는 파충류를 바라보고 있어. 이런 모습을 바라보고, 고대의 음식 냄새를 맡는 중이야. 조용하네. 정말로 조용해……."

"그 사람 머릿속에 얼마나 있을 거야, 세시?"

"이 여인의 삶을 바꾸기에 충분할 정도로 듣고 보고 느낄 때까지. 이 여인 안에 사는 일은 세상 어느 곳에 사는 것과도 다르거든. 계곡과 작은 오두막은 새벽의 세계에 속해 있어. 검은 산

맥이 적막으로 그 세계를 감싸고 있지. 30분에 한 번 정도 자동차가 지나가는데, 그 차가 전조등을 켜고 좁은 비포장도로를 달려가고 나면 다시 정적과 밤만 남아버리지. 나는 하루 종일 베란다에 앉아서 나무에서 뻗어 나온 그림자들이 어둠과 합류해서 거대한 밤의 일부가 되는 모습만 바라보고 있어. 남편이 집에 돌아오기를 기다리고 있지. 절대 오지 않을 테지만. 계곡, 바다, 자동차 몇 대, 베란다, 흔들의자, 나, 그리고 정적만이 있어."

"지금은 뭘 하고 있어, 세시?"

"베란다를 떠나서 진흙 웅덩이를 향해 걸어가고 있어. 이제 사방에서 유황 냄새가 나. 새 한 마리가 울부짖으며 날아가고 있어. 이제 그 새 안으로 들어왔어! 날아가면서 유리구슬처럼 동그란 눈으로 살펴보니 저 아래에서 그 여인이 진흙 웅덩이 속으로 두 발짝 걸어 들어가는 게 보여! 바위를 던져 넣을 때 나는 소리가 들리네! 하얀 손이 진흙 웅덩이 안으로 가라앉는 모습이 보여. 진흙이 그 위를 덮어버렸어. 이제 집으로 날아가야지!"

무언가 다락방 창문에 부딪치는 소리가 들렸다.

세시가 눈을 깜빡였다.

"자! 이제 돌아왔네!" 그녀는 웃음을 터트렸다.

세시는 눈을 굴려 티모시의 모습을 찾았다.

"귀향 파티에 안 가고 왜 여기 다락방에 올라와 있는 거야?"

"아, 세시!" 소년은 정신없이 말하기 시작했다. "다들 나를 봐 줬으면 좋겠어. 다른 친척들처럼 멋지게 되고 싶어. 사람들 속에서 어울리고 싶어. 세시라면 뭔가 해줄 수 있을 테니까—."

"그래." 그녀는 중얼거렸다. "똑바로 서보렴! 자, 그럼 이제 눈을 감고 아무 생각도 하지 마. **머리를 비워!**"

소년은 차렷 자세로 서서 머리를 비웠다.

그녀는 한숨을 쉬었다. "티모시? 준비 됐지?"

장갑에 손을 끼우는 것처럼, 세시가 양쪽 귀를 통해 안으로 들어왔다. "가자!"

"다들! 여기 봐요!"

티모시는 괴상한 적포도주가, 생산 연도도 알 수 없는 술이 든 잔을 모두 볼 수 있도록 높이 들어올렸다. 숙모도, 숙부도, 사촌도, 조카도 볼 수 있도록!

소년은 그대로 잔을 비웠다.

그리고 의붓동생인 로라를 향해 손을 흔들며 시선을 옮겨 그 대로 굳어버리게 만들었다.

티모시는 로라의 팔을 뒤로 돌려 꼼짝 못하게 만든 다음, 귓가에 속삭였다. 그리고 부드럽게 그녀의 목을 물었다!

촛불이 꺼졌다. 바람이 지붕널을 두드려 댔다. 숙모와 숙부들이 놀라 숨을 죽였다.

티모시는 몸을 돌려 독버섯을 잔뜩 입안에 넣고 꿀꺽 삼킨 다음, 팔을 양 옆으로 펄럭이며 원을 그리며 달리기 시작했다. "에이나르 아저씨, 그럼 이제 **날아볼게요!**"

팔을 파닥거리며 층계 끝에 다다른 티모시의 귓가에 어머니의 목소리가 울렸다. "안 돼!"

"괜찮아요!" 티모시는 계단을 박차고 높이 뛰어올랐다!

절반쯤 날았을 때 그의 날개가 터져나갔다. 소년은 비명을 지르며 추락하기 시작했다.

에이나르 아저씨가 소년을 붙들었다.

격렬하게 몸을 뒤트는 티모시의 입술에서 다른 목소리가 터져 나왔다.

"나 세시예요!" 목소리가 말했다. "세시예요! 나 좀 보러 오세요! 다락방에 있어요!" 웃음소리가 새어 나왔다. 티모시는 입을 멈추려 애썼다.

근처에서 웃음소리가 들렸다. 에이나르는 소년을 내려놓았다. 세시를 향해 달려가는 친척들을 헤집고 나와서, 티모시는 현관문을 활짝 연 다음…….

퍼덕이는 소리와 함께 포도주와 독버섯을, 차가운 가을밤 하늘로 쏟아냈다.

"세시 정말 싫어. 누나 정말 싫다고!"

외양관의 깊은 어둠 속에서, 티모시는 악취를 풍기는 건초더미 속에서 몸부림치며 격렬하게 흐느꼈다. 결국 소년은 움직임을 멈추었다. 웃옷 주머니에서, 피난처로 쓰이는 성냥갑 속에서, 거미가 기어 나와 어깨와 목을 타고 귓가로 다가갔다.

티모시는 몸을 떨었다. "안 돼, 싫어. 하지 마!"

촉수가 부드럽게 고막을 건드려 깊은 걱정을 담은 작은 신호를 보냈고, 이윽고 티모시는 울음을 그쳤다.

그러자 거미는 소년의 볼을 타고 내려와 코 바로 아래 자리를 잡고는, 마치 그 안에 숨은 우울한 감정을 찾아내려는 것처럼 콧구멍 안을 탐색했다. 그러더니 조용히 코 위에 앉아서 티모시를 물끄러미 바라보았다. 마침내 소년은 웃음을 터트리고 말았다.

"됐어, 아라크! 이제 저리 가!"

그 말에 대답하듯, 거미는 잽싸게 열여섯 번 오르락내리락하며 거미줄로 티모시의 입을 이어 붙여버렸다. 소년의 입에서는 이런 소리만이 새어 나왔다.

"으으으읍!"

티모시는 건초더미를 바스락거리며 일어나 앉았다.

윗옷의 주머니에는 생쥐가 들어 있었다. 소년의 가슴과 심장이 느껴지는 곳에서, 작고 아늑한 공간에서 부비적거리며.

아누바도 있었다. 부드러운 몸을 둥글게 말고 잠든 채로, 꿈의 흐름 속에서 노니는 수많은 물고기의 꿈을 꾸면서.

이제 대지는 달빛의 색으로 물들어 있었다. 저택 본채에서는 거대한 거울을 놓고 '거울아, 거울아' 놀이를 하는 소리와 함께 상스러운 웃음소리가 들려왔다. 과거에도 미래에도 **절대** 거울에 비치지 않을 자신의 형체를 판별하려 애쓰며 웃음을 터트리는 소리였다.

티모시는 입에 붙은 아라크의 거미줄을 떼어냈다.

"이제 뭘 하지?"

아라크는 바닥으로 내려와서 재빨리 저택을 향해 기어가기 시작했다. 티모시는 거미를 붙잡아 다시 자기 귓구멍 속에 넣었다. "알았어. 그럼 가자. 뭐가 어떻게 되든 즐겨야지!"

소년은 달려갔다. 그 뒤를 따라 생쥐는 졸졸, 아누바는 성큼성큼 걸어왔다. 뜰을 반쯤 건넜을 때, 녹색의 방수포가 하늘에서 떨어져내려 부드러운 날개로 소년을 짓눌렀다. "아저씨!"

"티모시." 에이나르의 날개가 북을 치듯 사방에 울렸다. 다음 순간 티모시는 에이나르의 어깨에 올라타 있었다. "기운 내라, 우리 조카. 너는 아직 온갖 풍요로운 것들을 즐길 수 있잖니. 우리 세계는 이미 죽어 있단다. 모두 묘비처럼 잿빛이지. 삶이란 아직 조금이라도 살아 있는 사람들에게 더 가치 있는 거란다!"

자정이 되자, 에이나르 아저씨는 티모시와 함께 저택 위로 솟아오른 다음, 정신없이 곡예비행을 하며 수많은 방들을 통과하면서 노래를 불렀다. 둘은 함께 천 번 고조할머니를 모시고 내려왔다. 시조새처럼 연약한 뼈를 이집트식 수의로, 리넨 붕대로 끝없이 휘감고 또 휘감은 그녀를. 천 번 고조할머니는 나일강의 커다란 빵조각처럼 단단히 굳은 채 서 계셨다. 눈에서는 잔잔하고 지혜로운 불길이 타올랐다. 새벽 직전이 되자, 그녀는 긴 의자의 상석에 몸을 기대 선 채로 훌륭한 포도주를 홀짝여 메마른 먼지투성이 입술을 적셨다.

바람이 일어나고 별들이 타올랐다. 춤사위가 점차 빨라졌다. 수많은 어둠이 넘실거리며 끓어오르고, 사라졌다 나타나기를 반복했다.

다음 차례는 '관' 놀이였다. 참가자들이 일렬로 늘어선 관 주변을 돌기 시작했고, 피리 소리가 남은 시간을 알렸다. 관이 하나씩 줄어들었다. 광택이 감도는 관 안쪽으로 두 명, 네 명, 여섯 명, 여덟 명의 손님들이 사라지고, 마침내 관은 하나밖에 남지 않았다. 티모시는 요정 사촌인 롭과 함께 그 주변을 조심스럽게 맴돌았다. 피리 소리가 멈추었다. 구멍으로 돌아가는 땅다람쥐처럼, 티모시는 관을 향해 달려들었다. 롭이 먼저 관으로 들어갔다! 박수 소리가 울려 퍼졌다!

웃음과 잡담이 이어졌다.

"에이나르 숙부의 동생은 잘 지내나? 날개 달린 쪽 말이야."

"로테는 지난주에 페르시아 상공을 날아가다가 화살을 맞아

떨어졌지. 연회의 새 요리가 될 거야. 새 요리가!"

웃음소리는 동굴 속에 울려 퍼지는 바람처럼 들렸다.

"그럼 카를은?"

"다리 밑에 사는 녀석 말이지? 불쌍한 카를. 유럽 어디를 가도 그 녀석이 살 곳이 없었던 모양이야. 요즘 새로 짓는 다리들에는 성수로 축복을 한다니까! 카를은 노숙자 신세야. 이제 집을 잃은 친구들의 수가 셀 수 없을 정도라고."

"정말인가! **모든** 다리에 축복을 내린다 이거지? 불쌍한 카를."

"잠깐!"

파티에 참가한 모두가 움직임을 멈추었다. 멀리서 마을 시계가 오전 여섯 시를 알렸다. 귀향 파티가 끝난 것이다. 시계가 울리는 소리에 맞추어, 백 가지 목소리가 몇 세기 전의 노래를 부르기 시작했다. 숙모와 숙부들이 서로 팔짱을 끼고 원을 그리며 노래를 불렀다. 그리고 멀리 차가운 아침 공기 속에서 마을의 시계는 종소리를 멈추고 다시 정적 속으로 빠져들었다.

티모시도 노래를 불렀다.

가사도 가락도 몰랐지만, 그래도 소년의 입에서는 노래가 흘러나왔다. 가사도 가락도 순수하고 부드럽고 드높고 아름다웠다.

노래가 끝나자 소년은 이집트 모래와 꿈으로 가득한 꼭대기 다락방을 올려다보았다.

"고마워, 세시." 소년은 속삭였다.

바람 한 줄기가 불어왔다. 그녀의 목소리가 입안에서 맴돌았다. "용서해줄 거야?"

소년은 말했다. "응, 세시. 용서해줄게."

그리고 소년은 힘을 빼고 입이 마음대로 움직이도록 놔두었다. 노래는 계속해서 박자에 맞추어, 순수하게, 아름답게 계속됐다.

울려 퍼지는 바람 소리처럼 작별 인사가 이어졌다. 어머니와 아버지는 우울한 기쁨이 감도는 얼굴로 문가에 서서 떠나는 손님들마다 볼에 키스를 했다. 그 너머의 하늘에는 색이 돌아오며 동쪽에서 빛이 쏟아지고 있었다. 차가운 바람이 불어왔다. 지구를 빙 돌아 다가오는 태양을 피하려면 이제 서쪽으로 도망쳐야 한다. 서둘러야 한다. 아, 서둘러라!

다시 한 번 티모시는 머릿속의 목소리에 귀를 기울였다. "응, 세시. 그래줬으면 좋겠어. 고마워."

세시는 소년을 데리고 손님들의 몸속을 이리저리 돌아다녔다. 소년은 순간 자신이 문가에 서 있는 나이 든 사촌의 몸속에 있다는 것을 깨달았다. 목례를 하며 어머니의 새하얀 손가락에 입을 맞추는 느낌이 들자, 다음 순간에는 어머니의 주름진 얼굴 안에서 밖을 내다보고 있었다. 곧이어 소년은 바람 한 줄기를 붙들고 무수한 낙엽과 함께 아침을 맞아 깨어나는 언덕 위로 날아올랐다.

다음 순간 티모시는 다른 얼굴 안쪽에 있었다. 문가에서 작별 인사를 나누고 있는, 사촌 윌리엄의 얼굴이었다.

사촌 윌리엄은 연기처럼 재빠르게 진흙길을 따라 달려 내려 갔다. 타오르는 붉은 눈으로, 털가죽 속에 아침을 머금은 채로, 부드러운 발바닥을 조용하고 정확하게 내딛으며, 숨을 헐떡이 며 언덕을 올라 공터에 들어가서는, 갑자기 허공으로 뛰어올라 날아가기 시작했다.

다음 순간 티모시는 커다란 우산처럼 생긴 에이나르 아저씨 안에 물방울처럼 고여서, 그의 강렬한 시선 속에서 작고 연약한 몸을 들어올리는 모습을 지켜보았다. **티모시였다! 자기 자신**을 들어 올리고 있었다! "얌전히 잘 지내라, 티모시. 또 보자!"

바람에 날아가는 낙엽보다도 빠르게, 박쥐 날개를 퍼덕이며, 시골길을 달려가는 들개 모습의 손님보다도 빠르게, 지상의 형 상이 잔상을 남기고 하늘에 마지막 남은 별이 기울어질 정도로 빠르게, 티모시는 에이나르 아저씨의 입안에 조약돌처럼 고인 채 그의 비행을 절반 정도 따라갔다.

그러다 다시 자기 몸으로 퉁기듯 돌아왔다.

고함과 웃음소리는 흐릿해지다 거의 사라져버렸다. 모두 서 로를 껴안고 흐느끼며 세상이 자신들에게 가혹한 곳이 되었음을 곱씹고 있었다. 매년 회합을 가지던 때도 있었지만, 이번 모임 전까지는 수십 년이 흘렀다. "잊지마, 다음에는 2009년에 세일럼에서 만나는 거야!" 누군가 소리쳤다.

세일럼. 티모시는 먹먹한 마음으로 그 단어를 곱씹었다. 세일럼, 2009년. 그때 그곳에는 프라이 삼촌과 할머니와 할아버지가 있을 것이고, 천 번 고조할머니도 말라붙은 수의를 입은 채 참석할 것이다. 어머니와 아버지와 세시와 다른 가족들도 있을 것이다. 그러나 자신도 그만큼 오래 살아 있을 수 있을까?

마지막 시든 바람이 밀려와서 남은 모든 것들을, 수많은 스카프를, 수많은 날짐승들을, 수많은 시든 이파리들을, 수많은 달려가는 늑대들을, 수많은 한데 엉켜 흐느끼는 이들을, 수많은 한밤중과 새벽과 잠든 이들과 깨어난 이들을 휘감아 데려갔다.

어머니는 문을 닫았다.

아버지는 지하 저장고로 내려갔다.

티모시는 고개를 숙이고 장식용 천이 널려 있는 홀을 가로질렀다. 문득 파티용 거울 앞을 지나던 소년은 자신의 창백한 얼굴에 새겨진 유한한 삶을 목격했다. 소년은 몸을 떨었다.

"티모시." 어머니가 말했다.

그녀는 소년의 얼굴에 손을 올렸다. "우리 아가. 우리는 너를 사랑한단다. 모두 너를 사랑해. 네가 우리와 다른 존재라도, 네가 언젠가 우리를 떠나게 되더라도 그 사실은 변하지 않는단다." 어머니는 소년의 볼에 입을 맞추었다. "그리고 네가 죽음을 맞이해도 우리는 네 뼈를 건드리지 않을 거란다. 약속할게. 영원토록 편안히 누워 있게 될 거야. 매년 핼러윈 이브가 찾아올 때마다 너를 보러 가서 단단히 붙들어줄 거야."

반들거리는 관뚜껑이 열리는 끼익 소리와 쿵 하고 닫히는 소리가 홀 안에 울렸다.

저택은 정적에 휩싸였다. 멀리서 바람이 마지막 남은 작은 어둠의 무리를, 짹짹대며 멀어져가는 이들을 나르는 소리가 들렸다.

소년은 한 발짝씩 계단을 올랐다. 아무도 보아주지 않는 눈물을 계속 흘리면서.

10장
시월의 서쪽

피터, 윌리엄, 필립, 잭이라는 이름의 사촌 네 명은 귀향 파티가 끝난 이후에도 저택에 잠시 머물렀다. 유럽에 파멸과 우울과 불신의 구름이 드리워져 있었기 때문이다. 어둠의 저택 안에 남은 방이 없었기 때문에 외양간에 거의 거꾸로 놓인 상태로 틀어박혀 있었는데, 그 외양간은 얼마 지나지 않아 그만 통째로 불타버리고 말았다.

가족의 다른 사람들처럼, 그들 또한 평범한 존재가 아니었다.

그들 중 대부분이 낮 동안 자고 밤에는 독특한 직업에 종사한다는 설명만으로는, 그 기괴함을 도저히 다 표현할 수 없을 것이다.

일부는 마음을 읽을 수 있고, 일부는 벼락과 함께 날아다니고 낙엽과 함께 내려앉을 수 있다고만 말한다고 해도 역시 부족한 표현일 것이다.

추가로 일부는 거울에 모습이 비치지 않으며, 다른 이들은 같은 거울에 온갖 형상, 크기, 질감을 가진 모습으로 비친다는 사실을 덧붙인다 하더라도 진실을 회피하기 위한 뜬소문을 더하는 정도에 지나지 않을 것이다.

일렬로 자라나는 버섯처럼 자기네 숙부, 숙모, 사촌, 조부모를 쏙 빼닮은 젊은이들이었다.

잠 못 이루는 밤을 구성하는 모든 색채가 그들 속에 있었다.

일부는 젊었고, 다른 이들은 스핑크스가 돌로 된 앞발을 흐르는 모래 속에 단단히 박아 넣었을 때부터 존재해왔다.

그리고 네 사람 모두 한 명의 특별한 가족을 사랑하며 갈망하고 있었다.

그 대상은 바로 세시였다.

세시. 그녀는 이 제멋대로인 사촌들이 이곳을 맴돌며 머무르고자 하는 진짜 이유이자 유일한 이유였다. 그녀라는 꼬투리는 석류처럼 가득 영글어 전 세계의 모든 존재의 모든 감각을 느낄 수 있었다. 모든 영화관과 극장을 모아놓은 유원지이자, 모든 시대의 모든 작품을 모아놓은 미술관이었다.

영혼을 앓던 이처럼 뽑아서 구름 위로 끌고 올라가 식혀달라고 부탁하기만 하면, 그녀는 그대로 상대방을 이끌고 높이 솟아올라 안개 속에서 떠다녔다.

같은 영혼을 끌고 가서 나무의 속살에 묶어달라고 말하면, 다음 날 아침 나무의 녹색 머리에 깃들인 새들이 지저귀는 소리를 들으며 깨어날 수 있었다.

갓 내리는 빗방울이 되게 해달라고 청하면 세상 모든 것을 적실 수 있었다. 달이 되게 해달라고 청하면 자신의 하얀 빛이 밤에 뒤덮인 마을을 묘비와 유령의 빛깔로 칠하고 있는 모습을 내려다볼 수 있었다.

영혼을 추출하고 잘 응고된 지혜를 끌어내서, 그걸 동물, 식물, 광물, 원하는 것이라면 뭐든지 그 안으로 옮길 수 있는 소녀. 그것이 세시였다.

따라서 사촌들이 머물기로 마음먹은 것도 당연한 일이었다.

끔찍한 불길이 일어나기 조금 전, 황혼이 내려앉을 무렵에, 그들은 다락방으로 올라와 이집트 모래 위에 잠들어 있는 그녀를 자신들의 숨결로 일으켰다.

"알았어." 세시는 눈을 감은 채로, 입가에 미소를 머금고 말했다. "뭘 즐기고 싶은 거야?"

"나는―." 피터가 말했다.

"어쩌면―." 윌리엄과 필립이 말했다.

"혹시―." 잭이 말했다.

"근처 정신병자 수용소에 들르고 싶은 거겠지." 세시는 넘겨

짚었다. "사람들의 정신 나간 머릿속을 훔쳐보고 싶은 거지?"

"그거야!"

"알았어!" 세시가 말했다. "그럼 얌전히 외양간의 잠자리로 돌아가 있어. 위로, 위로, 나간다!"

코르크 마개처럼 영혼이 퐁 하고 뽑혀나가서 새들처럼 날아올랐다. 빛으로 만든 바늘처럼, 그들은 수용소의 온갖 광인들의 귓속으로 쑤시고 들어갔다.

"아!" 젊은이들은 기쁨에 겨워 탄성을 질렀다.

그리고 그들이 나가 있는 동안, 외양간이 불타버렸다.

모두 정신없이 소리치고 물을 나르러 달려가는 등 혼란에 빠져 있는 가운데, 외양간에 누가 있는지, 또는 하늘 높이 날 수 있는 사촌들이나 잠들어 있는 세시가 무얼 하고 있는지 따위에는 아무도 신경을 쓰지 못했다. 밀려드는 꿈속에 너무 깊이 잠겨 있던 세시는 타오르는 불길도, 외양간의 벽이 무너지며 네 개의 인간 모양 횃불이 그대로 바스러지는 끔찍한 순간도 깨닫지 못했다. 천둥소리가 시골 하늘을 가로지르며 하늘을 뒤흔들었고, 덕분에 사촌들의 정수도 바람에 날려 풍차 날개에 부딪쳤다. 세시는 깜짝 놀라 자리에 일어나 앉아 비명을 질렀고, 사촌들은 그 즉시 불려 집으로 돌아왔다. 충격이 찾아왔을 때 네 사촌은 수용소 병동 이곳저곳에 흩어져 두개골의 뚜껑을 따고 화려한 광기의 색을 띤 온갖 색종이 조각의 소용돌이를, 어둠 속에 뜬 악몽의 무지개를 구경하던 중이었다.

"무슨 일이야?" 세시의 입을 통해 잭이 소리쳤다.

"뭐야!" 필립이 그녀의 입술을 움직이며 말했다.

"이런 세상에." 윌리엄이 그녀의 눈을 통해 밖을 내다보았다.

"외양간이 타버렸어." 피터가 말했다. "우린 끝장이야!"

연기가 자욱한 뒤뜰에서 검댕투성이 얼굴로 서 있던 가족들은 떠돌이 악단원의 장례식 풍경처럼 일제히 돌아서서 충격에 빠진 얼굴로 세시를 바라보았다.

"세시?" 어머니가 거친 목소리로 물었다. "지금 누가 너랑 같이 있는 거니?"

"저예요, 피터!" 피터가 그녀의 입술에서 소리쳤다.

"필립도요!"

"윌리엄도요!"

"잭도 있어요!"

영혼들이 세시의 혀를 놀려 하나씩 이름을 댔다.

가족들은 그대로 기다렸다.

이내 네 젊은이의 목소리는 다함께 마지막 질문을, 가장 끔찍한 질문을 던졌다.

"우리 몸을 **하나도** 구해내지 못한 거예요?"

가족 모두는 미처 입에 올릴 수 없는 대답의 무게에 짓눌려, 땅속으로 거의 1인치는 내려앉았다.

"그러면—." 세시는 한쪽 팔꿈치를 꾹 쥐고, 다른 손으로 자기 볼을, 입을, 이마를, 그 안에서 네 명의 생령이 비좁은 공간에서 몸을 뻗으려 다투는 그곳을 만져보았다. "그러면 제가 이 아이들을 어떻게 해야 돼요?" 그녀의 눈은 아래 안뜰에 서 있는 모든 사람들의 얼굴을 훑었다. "사촌들이 여기 머물 수는 없어요! 내 머리 안에서는 버티지 못할 거라고요!"

그녀가 그다음에 뭐라고 말했는지, 또는 사촌들이 그녀의 혀 아래 깔린 자갈처럼 뭉쳐서 뭐라고 주절거렸는지, 그리고 통닭이 된 몰골로 안뜰을 뛰어다니던 가족들이 뭐라고 말했는지는 아무도 들을 수 없었다.

심판의 날을 예비하는 나팔 소리를 울리며, 남은 외양간 건물이 무너져 내렸기 때문이다.

큰 한숨 소리와 함께, 재가 섞인 시월의 바람이 다락방 지붕을 이리저리 훑었다.

"내가 보기에는 말이다." 아버지가 입을 열었다.

"단순히 아버지 의견이 아니라, 반드시 해야 하는 일이에요!" 세시는 눈을 감은 채 소리쳤다.

"……사촌 아이들은 밖으로 내보내야 할 것 같구나. 새 육체를 찾을 수 있을 때까지 잠시라도 머물 곳을 찾아야지—."

"빠를수록 좋아요." 네 명의 목소리가 세시의 입을 통해 일제히 말했다. 높은 목소리 하나, 낮은 목소리 하나, 그 사이에 있는 목소리 두 개.

아버지는 어둠 속에서 말을 이었다. "우리 가족 중에서 분명 소녀 뒤에 공간이 좀 **남는 사람**이 있을 거다! 자원할 사람!"

가족 모두는 차가운 숨결을 들이마신 채 숨을 멈추고 입을 열지 않았다. 멀리 위편에 자기만의 다락방 공간에 있던 천 번 고조할머니가 문득 속삭였다. "그럼 내가 가장 나이 많은 사람을 후보로 지명하도록 하마!"

머리를 줄 하나로 엮어놓은 것처럼 모두 일제히 고개를 돌려, 예수 그리스도가 탄생하기 2천 년 전에 추수한 말라붙은 짚 단처럼 한쪽 구석에 기대 서 있는 나일강 고조할아버지를 바라보았다.

나일강의 선조는 바람 빠지는 소리로 대답했다. "싫어!"

"좀 해요!" 고조할머니는 모래가 흘러나오는 눈을 감고, 장례 용 염료를 칠한 가슴 위에 손을 올린 채 말했다. "당신은 시간이 라면 한정 없이 남잖아요."

"그래도 싫어!" 영안실의 짚단이 바스락거렸다.

"우린 모두 가족이에요. 기괴하지만 빼어난 이들이죠. 우리는 밤하늘 아래를 걷고, 바람을 타고 날아오르고, 폭풍 속에서 노닐고, 마음을 읽고, 마법의 힘을 부리고, 영원히, 아니면 적어도 천 년은 살 수 있죠. 말하자면 우리는 가족으로서 힘들 때는 서로 의지하고, 도와야 한다는―."

"싫어, 싫다고!"

"조용히 좀 해요." 할머니는 인도의 별만큼이나 커다란 한쪽 눈을 떴고, 그 안에서 빛이 타오르다 이내 잠잠해졌다. "가녀린 아가씨의 머릿속에 거친 젊은이 네 명이 틀어박혀 있다니, 용납할 수 없는 일이에요. 그리고 **당신이라면** 사촌 아이들에게 온갖 것을 가르쳐줄 수 있잖아요. 당신은 나폴레옹이 러시아로 걸어 들어갔다 달려 도망쳐 나오거나, 벤 프랭클린이 천연두로 사망하기 훨씬 전부터 살아 있었으니까요. 이 아이들이 당신 귓속에 한동안 틀어박혀 있는 것도 나쁘지 않을 거예요. 강단이 좀 생길지도 모르죠. 이 사실을 부정하지는 않겠죠?"

백나일과 청나일에서 온 선조는 추수철 짚단을 두드리는 듯한 약한 신음 소리를 흘렸다.

"좋아요, 그러면." 금방이라도 부서질 것처럼 연약한 파라오의 딸의 유해가 말했다. "밤의 아이들아, 내 말을 들었겠지?"

"들었어요!" 유령들이 세시의 입을 통해 말했다.

"거기서 나오너라!" 4천 살 먹은 미라가 말했다.

"지금 나가요!" 네 명이 한목소리로 말했다.

그리고 누가 먼저 나오라고 주문한 사람이 아무도 없었기 때문에, 눈에 보이지 않는 바람이 폭풍처럼 몰아치며 유령들이 밀려들었다.

고조할아버지의 짚단처럼 메마른 얼굴에 네 개의 서로 다른 표정이 깃들었다. 네 번의 지진이 그의 연약한 골격을 흔들었다. 네 개의 미소가 누런 치열의 건반 위를 내달리며 음악을 연주했다. 미처 저항하기도 전에, 할아버지는 네 가지 서로 다른 걸음걸이와 속도로 저택을 나가 정원 위를 비척비척 걸어서 버려진 철길을 따라 마을로 향하기 시작했다. 바짝 마른 목구멍 속에 네 개의 웃음을 머금은 채로.

가족들은 일제히 현관으로 나와 몸을 기울인 채, 단 한 사람으로 구성된 행렬이 서둘러 걸음을 옮기는 모습을 지켜보고 있었다.

다시 깊은 잠에 빠진 세시는 입을 벌리고 사촌들의 남은 잔재를 풀어주었다.

다음 날 정오 무렵, 칙칙한 푸른색의 커다란 강철 기관차가 헐떡이며 기차역으로 들어왔다. 가족들은 플랫폼에 모여 추수의 파라오의 늙은 몸을 지탱해주고 있었다. 갓 바른 광택제와 플러시 천의 냄새가 나는 일반 객차 앞에 도착한 노인은 걷는 것이 아니라 거의 실려 가는 상태였다. 나일에서 온 여행자는 여기까지 오는 내내 눈을 감은 채 다양한 목소리로 욕설을 퍼부었지만, 가족들은 그의 말을 무시했다.

그들은 노인을 낡은 짚단처럼 자리에 앉힌 후, 낡은 건물에 새 지붕을 올리는 것처럼 머리 위에 모자를 고정시키고 노인의 나이 든 얼굴을 들여다보았다.

"할아버지, 똑바로 앉으세요. 할아버지, 그 안에 계세요? 사촌들은 좀 비켜봐. 나이 드신 분이 먼저 말씀하시게 해야지."

"여기 있다." 메마른 입술이 일그러지며 가는 숨이 새어 나왔다. "**이놈들의** 죄와 고통을 내가 맛보고 있지! 아, 저주받을, 이런 끔찍한 짓을!"

"아니에요!"

"거짓말이에요!"

"우린 아무것도 안 했어요!" 입 한쪽 구석에서, 뒤이어 반대쪽 구석에서, 이런 소리가 들렸다. "멈춰!"

"조용!" 아버지는 노인의 볼을 붙들고 그 안의 뼈를 흔들어 집중하게 만들었다. "이번에 시월의 서쪽은 미주리 주 소전입니다. 별로 오래 안 걸려요. 거기 우리 일족이 있습니다. 숙부와 숙모들인데, 자식이 있는 사람도 있고 없는 사람도 있지요. 세시의 정신은 몇 마일 정도밖에 다른 사람을 태울 수 없으니까, 할아버님이 직접 이 구제불능인 사촌들을 그리로 운반해서 가족의 육체와 정신 속에 들어가게 해주셔야 합니다."

"하지만 이 멍청이들을 받아주겠다는 사람이 없으면, 그대로 산 채로 데리고 돌아오십시오." 아버지가 덧붙였다.

"잘 있어요!" 고대의 짚단 속에서 네 개의 목소리가 일제히 소리쳤다.

"잘 가요, 할아버지, 피터, 윌리엄, 필립, 잭!"

"나를 잊으면 안 돼!" 젊은 여성의 목소리가 들려왔다.

"세시, 잘 있어!" 모두 함께 소리쳤다.

기차는 그대로 시월의 서쪽을 향해 떠났다.

기차는 길게 방향을 틀었다. 의자에 기댄 나일의 조상의 몸이 삐걱거렸다.

"결국 이렇게 됐네." 피터가 속삭였다.

"그래. 여기 틀어박히고 말았어." 윌리엄이 말했다.

기적 소리가 울렸다.

"지치는데." 잭이 말했다.

"네놈들이 지치긴 뭘 지쳐!" 고대의 노인이 헐떡이며 속삭였다.

"이 안은 좀 좁아요." 필립이 말했다.

"당연한 거잖아! 나일 할아버지는 4천 살은 되셨다고. 제 말이 맞죠, 할아버지? 두개골 안이 완전 무덤 같은데요."

"그만!" 노인은 자기 이마를 한 대 때리면서 말했다. 머릿속 새장에서 새들이 놀라 퍼덕이는 소리가 들렸다. "얌전히 있어!"

"자, 충분히 잤으니 잠시 동안은 동행해드릴게요, 할아버지." 세시의 속삭이는 소리가 찾아와 소란을 가라앉혔다. "아무래도 그 안에 사는 까마귀나 대머리독수리들을 얌전히 지내게 하는 방법을 가르쳐드려야 할 것 같으니까요."

"누가 까마귀야! 누가 대머리독수리고!" 사촌들이 항의했다.

"조용히 해." 세시는 사촌들을 지저분한 골동품 파이프 속에 담배처럼 잘게 다져 넣으며 말했다. 그녀의 육신은 멀리 이집트 모래 위에 누워 있었지만, 정신은 주변을 맴돌며 만지고 밀고 주문을 걸고 다듬었다. "자, 이걸 보고 즐겨봐!"

사촌들은 그 안을 둘러보았다.

고대의 무덤 같은 두개골의 상부 요새를 돌아다니는 일은 마치 기억으로 가득한 어둑한 석관 안에서 즐기는 서바이벌과 같았다. 온갖 기억이 투명한 날개를 접은 채 리본으로 묶여 겹겹이, 첩첩이, 장막으로 감싸인 채, 그림자로 엮인 채 쌓여 있었다. 여기저기 특별히 밝은 기억들이 눈에 띄었다. 여름날 최고의 시간에 내리쬐는 한 줄기 호박색의 햇살처럼, 반짝이는 형체를 자랑하고 있었다. 오래 묵은 가죽과 불탄 말총 냄새가 났다. 굴곡을 따라 서로 몸을 밀치며 내려가자, 쑤시는 느낌과 함께 결석에서 나는 희미한 요산 냄새가 느껴졌다.

"저기 좀 봐." 사촌들이 중얼거렸다. "와, 그래, 저거야!"

잠시 동안, 조용해진 사촌들은 노인의 눈이라는 흐릿한 유리창을 통해, 그들을 싣고 녹색이 가을의 갈색 빛깔로 바뀌는 세계를 뿔을 뿜으며 나아가는, 창마다 거미줄이 걸려 있는 집 앞을 지나가는 거대한 기차를 바라보았다. 노인의 입을 움직이는 느낌은 마치 녹슨 종의 납으로 된 추를 움직이는 것 같았다. 텅 빈 귓구멍을 통해 흘러들어오는 세상의 소리는 마치 라디오를 잘못 맞추었을 때 들리는 것처럼 잡음이 가득했다.

"그래도 몸이 아예 없는 것보다는 낫네." 피터가 말했다.

기차가 우레처럼 소리를 울리며 다리를 가로질렀다.

"좀 둘러보고 싶은데." 피터가 말했다.

노인은 사지가 꿈틀거리는 것을 느꼈다.

"그만! 얌전히 있어! 앉아!"

노인은 눈을 단단히 감았다.

"눈 떠봐요! 좀 보자고요!"

안구가 이리저리 움직였다.

"예쁜 아가씨가 오잖아요. 어서!"

"세상에서 제일 아름다운 아가씨라고요!"

미라는 슬그머니 한쪽 눈을 뜰 수밖에 없었다.

"아! 저거야!" 모두 일제히 말했다.

젊은 여성은 기차가 이리저리 움직일 때마다 비틀거리며 몸을 기대고 있었다. 축제에서 우유병을 넘어트리면 받는 상품처럼 아름다운 여성이었다.

"안 돼!" 노인은 다시 눈꺼풀을 닫았다.

"활짝 떠봐요!"

안구가 다시 굴렀다.

"그만 하라고! 멈춰!" 노인이 소리쳤다.

젊은 여인은 그들 **모두의** 위로 넘어질 것처럼 비틀거렸다.

"그만두라고!" 까마득하게 나이가 많은 노인이 소리쳤다. "순진한 세시가 지금 같이 있잖니!"

"누가 순진하다고요!" 머릿속의 다락방이 웃음으로 가득 찼다.

"할아버지." 세시가 부드럽게 말했다. "밤마다 여기저기 돌아다니고, 여행을 한 덕분에, 저는 그렇게―."

"순진하지는 않아요!" 사촌 네 명이 함께 소리쳤다.

"무슨 소리냐!" 할아버지가 항의했다.

"받아들이세요." 세시가 속삭였다. "저는 천 번의 여름밤 동안 수많은 침실 창문을 드나들었어요. 하얀 베개가 놓인 눈 침대에도 누워봤고, 팔월 한낮에 아무것도 걸치지 않고 강을 헤엄치다가 강둑에 누워서, 새들의 눈에 그대로―."

"더는 듣지 않겠다!"

"계속 들으세요." 추억의 잔디밭을 거니는 세시의 목소리가 속삭였다. "소녀의 여름날 얼굴에 머물면서 젊은이를 쳐다보기도 했고, 동시에 바로 그 남자의 안에 들어가 영원히 여름날에 머물러 있을 소녀의 얼굴에 불타는 숨결을 뿜기도 했어요. 교미하는 생쥐들 속에, 구애의 춤을 추는 앵무새 속에, 가슴에 피를

머금은 비둘기 속에, 꽃 위에서 하나가 된 나비 속에 깃들이기
도 했어요."

"빌어먹을!"

"눈이 쌓이고 짐말의 분홍색 콧구멍에서 김이 뿜어 나오는
십이월 밤이면, 썰매에 숨어들기도 했어요. 두껍게 쌓인 털가죽
담요 속에 여섯 명의 젊은이들이 따뜻하게 파고들어 숨어서, 서
로를 원하며 뭔가를 더듬듯 손길을 뻗고 있었는데—."

"그만!"

"최고야!" 사촌들이 소리쳤다.

"—그리고 저는 뼈와 살점으로 지은 완벽한 균형을 갖춘 건
물 안에, 세상에서 가장 아름다운 여인 안에 깃들이기도 했
죠……."

할아버지는 충격에 그대로 굳어버렸다.

함박눈에 뒤덮인 것처럼 노인은 그대로 고요해졌다. 머리 근
처에서 꽃송이가 나부끼는 것이 느껴졌다. 유월 아침의 산들바
람이 구시가를 간질였고, 사지에 온기가 번지는 느낌이 들었다.
낡아서 가라앉은 가슴이 다시 부풀어 오르는 듯한, 배 속의 화
덕에 다시 불길이 타오르는 기분이 들었다. 그녀의 말을 듣고
있자니 입술에 탄력과 색깔이 돌아오며 시구가 떠올라서, 마치
언제든 폭우처럼 쏟아져 나올 것만 같았다. 낡아빠지고 무덤의
먼지가 가득 묻은 손가락이 무릎 위에서 달싹거리다, 크림과 우

유와 녹아내린 애플스노우의 색으로 바뀌었다. 노인은 깜짝 놀라 자신의 손가락을 내려다보다 주먹을 굳게 쥐었다.

"안 돼! 내 손을 돌려다오! 입가를 씻어내줘!"

"이제 됐어요." 머릿속에서 필립이 말했다.

"시간낭비는 질렸어요." 피터가 말했다.

"그 아가씨를 만나러 가보자." 잭이 말했다.

"좋았어!" 하나의 목구멍에서 모르몬 태버내클 합창단의 함성이 울려 나왔다. 할아버지는 보이지 않는 끈에 조종당하는 것처럼 자리에서 일어섰다.

"이거 놔라!" 노인은 이렇게 소리치며 눈을, 두개골을, 갈빗대를 단단히 죄었다. 사촌들의 몸을 짓눌러 질식시키는 괴상한 침대 같았다. "됐다! 멈춰!"

사촌들은 어둠 속에서 이리저리 움직였다.

"도와줘! 아무것도 안 보여! 세시!"

"자." 세시가 말했다.

노인은 몸이 뒤틀리고 떨리는 것을, 귀 뒤와 등골을 타고 간지러운 감각이 퍼져나가는 것을 느꼈다. 허파가 간질간질하더니 콧구멍으로 그을음 섞인 재채기가 뿜어져 나왔다.

"월, 왼발 맡아. 움직여! 피터, 오른발. 한 걸음! 필립, 오른팔. 잭, 왼팔. 흔들어!"

"두 배 속도로. 뛰어!"

할아버지의 몸이 앞으로 튀어나갔다.

그러나 예쁜 아가씨 쪽으로 뛰어든 것은 아니었다. 그는 비틀거리더니 뒤편으로 반쯤 넘어져버렸다.

"기다려!" 그리스 합창단이 소리쳤다. "반대쪽이라고! 누가 멈추게 좀 해봐. 다리에 누가 있어? 뭘? 피터?"

할아버지는 연결칸 문을 활짝 열고 바람이 몰아치는 승강장으로 나가서, 햇살에 반짝이는 해바라기 밭으로 몸을 던지려 했다. 다음 순간.

"정지!" 그의 입에서 모두가 함께 소리쳤다.

할아버지는 빠르게 움직이는 기차의 마지막 칸에서 그대로 굳어버렸다.

할아버지는 몸을 돌려 다시 객실 안으로 돌아왔다. 기차가 급하게 커브를 틀자, 할아버지는 그대로 젊은 여인의 손 위로 주저앉아버렸다.

"미안하네!" 할아버지는 화들짝 놀라 뛰어올랐다.

"괜찮아요." 아가씨는 손을 바로잡으며 말했다.

"정말로, 신경 쓸 필요 없네!" 아주 나이 많은 노인은 그녀 맞은편의 자리에 주저앉았다. "젠장, 이놈의 박쥐들, 머릿속 새장으로 돌아가거라! 빌어먹을!"

사촌들은 노인의 귀를 틀어막고 있는 밀랍을 녹여버렸다.

노인은 이를 악물고 중얼거렸다. "거기 내 안에서 난장판을

100

벌이는 놈들, 잘 기억해라. 나는 무덤에서 나온 그대로 생생한 파라오 투트란 말이다."

"하지만―." 실내악 4중주가 그의 눈꺼풀을 떨리게 만들었다. "우리는 할아버지를 젊게 만들려는 거라고요!"

그들은 할아버지의 배 속 도화선에, 가슴의 폭탄으로 이어지는 줄에 불을 붙였다.

"안 돼!"

할아버지는 끈을 당겼다. 사촌들의 발밑 바닥이 덜컹 하고 열렸다. 사촌들은 타오르는 추억으로 가득한 끝없는 미궁으로 떨어져버렸다. 통로 맞은편에 앉아 있는 아가씨만큼이나 풍요롭고 따스한 3차원 형체들이 지나갔다. 사촌들은 계속 떨어졌다.

"조심해!"

"어딘지 모르겠어!"

"피터?"

"여긴 위스콘신쯤 되는 거 같은데. 어떻게 여길 오게 된 거지?"

"나는 허드슨강의 배 위에 있어. 윌리엄은?"

멀리서 윌리엄의 목소리가 들렸다. "런던이야, 세상에! 신문을 보니까 1800년 8월 22일이래!"

"세시? 네가 한 거지!"

"아니, 나다!" 사방에서, 모든 곳에서 할아버지의 목소리가 울렸다. "네놈들은 여전히 내 귀 안에 있지만, 과거의 시대와 장소에 살고 있는 거다. 머리 안 부딪치게 조심해라!"

"잠깐만요!" 윌리엄이 말했다. "저게 그랜드캐니언인가요, 아니면 할아버지 연수인가요?"

"그랜드캐니언이다. 1921년의 일이지."

"여자가 있어!" 피터가 말했다. "바로 내 앞에!"

200년 전의 그 여성은 분명 봄날만큼이나 아름다웠다. 할아버지는 이름을 떠올릴 수 없었다. 여름철 한낮의 산딸기처럼 스쳐 지나간 여성이었을 것이다.

피터는 그 아름다운 유령을 향해 손을 뻗었다.

"다가가지 마라!" 할아버지가 소리쳤다.

이내 그 아가씨의 얼굴은 여름날 하늘 아래 폭발하더니 길을 따라 사라져버렸다.

"젠장!" 피터가 소리쳤다.

다른 형제들은 문을 부수고 창문을 들어올리며 난장판을 만들기 시작했다.

"세상에! 저기 좀 봐!" 그들이 소리쳤다.

할아버지의 기억이 상자 속 정어리처럼 깔끔하게 겹겹이 쌓여 있는 모습이, 아래로 옆으로 끝없이 펼쳐진 모습이, 초와 분과 시간 단위로 정리되어 있는 모습이 펼쳐졌다. 한쪽에서는 갈색 피부의 여인이 머리를 빗고 있었다. 다른 쪽에는 달리거나 잠들어 있는 금발 여인이 보였다. 모두 밝게 달아오른 여름날의 색을 띤 벌집 안에 갇혀 있었다. 미소가 반짝였다. 그대로 뽑아내 이리저리 돌려보고, 그대로 보내거나 다시 불러올 수 있었다. "이탈리아, 1797년"이라고 외치면 그에 해당하는 기억들이 날아와 천막을 따스하게 달구며 춤추거나 반딧불의 물결처럼 밀려들었다.

"할아버지, 할머니도 이거 아셔요?"

"더 있잖아!"

"천 명은 되겠어!"

할아버지는 추억 조각 하나를 그들 앞으로 끄집어냈다. "옛다!"

천 명의 여인들이 미궁 속으로 흩어졌다.

"멋져요, 할아버지!"

사촌들이 한쪽 귀에서 반대쪽 귀까지, 모든 곳을 헤집고 돌아다니는 것이 느껴졌다.

마침내 잭이 홀로 있는 매력적인 여성 한 명을 붙들었다.

"잡았다!"

여인은 잭을 돌아보았다.

"바보 녀석!" 그녀가 속삭였다.

아름다운 여인의 살점이 불타 사라졌다. 광대뼈가 튀어나오고, 볼이 움푹 들어가고, 눈두덩이 가라앉았다.

"설마 할머니!"

"4천 년 전에는 그랬지." 그녀가 중얼거렸다.

"세시!" 할아버지가 분노를 터뜨렸다. "저놈을 개나 나무나 그런 데 가둬버려라! 내 머릿속만 아니면 어디든 상관없으니까!"

"나가, 잭!" 세시가 명령했다.

잭은 그대로 끌려 나갔다.

지나가는 전신주 위의 울새 안에 남아버렸다.

할머니는 시든 모습으로 어둠 속에 홀로 서 있었다. 할아버지는 안을 들여다보고 자신의 시선으로 그녀를 어루만져 다시 젊음의 살결을 입혔다. 여인의 눈과 볼과 머리카락에 다시 새로운 색채가 깃들었다. 할아버지는 그녀를 안아다 모든 것이 새로웠던 시절, 알렉산드리아의 과수원에 다시 안전하게 데려다놓았다.

할아버지는 눈을 떴다.

남은 사촌들은 들어오는 햇살에 눈이 부셨다.

아가씨는 여전히 통로 맞은편에 앉아 있었다.

사촌들이 그의 눈길 뒤편으로 뛰어올랐다.

"바보 같아!" 그들이 말했다. "옛것들에 신경 써서 뭐 해? 바로 눈앞에 새것이 있는데!"

"그래." 세시가 속삭였다. "바로 지금이야! 할아버지의 정신을 저 여자의 몸에 옮기고, 저 여자의 꿈을 이 머릿속으로 데려오겠어. 꼼짝 못하고 그대로 앉아 있게 되겠지. 우리는 이 안에서 곡예꾼이, 체조 선수가, 악마가 되는 거야! 차장은 아무것도 알아차리지 못하고 지나치겠지. 할아버지의 머릿속은 거친 웃음으로, 발가벗은 군중으로 가득 찰 테고, 할아버지의 진짜 정신은 저 예쁜 아가씨의 머릿속에 갇혀 있게 될 거야. 무더운 한낮의 기차에서 즐기기에는 딱 좋은 장난이네!"

"좋았어!" 모두 소리쳤다.

"안 돼." 할아버지는 하얀 알약을 두 알 꺼내서 그대로 삼켜버렸다.

"그만둬요!"

"젠장!" 세시가 말했다. "아주 훌륭하고 사악한 계획이었는데!"

"됐다, 한숨 푹 자라." 할아버지가 말했다. "그리고 아가씨―." 노인은 부드럽게 쏟아지는 졸음 속에서 통로 맞은편의 아가씨에게 말을 걸었다. "방금 아주 끔찍한 운명에서 구원받은 거라오. 네 명의 남자 사촌들이 가져올 죽음보다 끔찍한 운명에서."

"뭐라고 하셨어요?"

"순진해. 그 순수함을 계속 유지하구려." 할아버지는 그렇게 말하고는 잠들어버렸다.

기차는 여섯 시가 되어 미주리 주 소전에 도착했다. 멀리 나무 위 울새에 유폐되어 있던 잭은 그제야 돌아올 수 있었다.

소전에는 이 말썽꾸러기 사촌들을 받아줄 친척은 단 한 명도 없었고, 할아버지는 결국 다시 기차를 타고 일리노이로 돌아와야 했다. 복숭아씨처럼 안에서 영글어버린 사촌들을 그대로 태운 채로.

그렇게 그들은 할아버지의 기억 속, 햇빛 또는 달빛에 물든 기억의 다락방 속에서 제각기 자리를 잡고 머물렀다.

피터는 1840년에 비엔나에서 정신 나간 여배우와 지냈던 추억 속에 자리를 잡았다. 윌리엄은 시대를 가늠할 수 없는 영국의 호수 지방에서 아마색 머리를 가진 스웨덴 여인 곁에 살기로 했다. 반면 잭은 샌프란시스코, 베를린, 파리의 환락가를 순회하다, 가끔씩 할아버지의 눈길 속에 사악한 번뜩임으로 등장하곤 했다. 그리고 가장 현명한 필립은 서재에 틀어박혀 할아버지가 사랑했던 모든 책들을 탐독하기 시작했다.

그러나 밤이 찾아오면 가끔씩, 할아버지는 슬그머니 다락방으로 올라가 할머니를 찾았다. 4천 살이 아니라 열네 살의 나이가 된 할머니를.

"당신! 나잇값 좀 해요!" 그녀가 소리쳤다.

그녀는 계속해서 할아버지를 때려댔고, 할아버지는 결국 다섯 가지 목소리로 웃으며 포기하고는 뒤로 물러나서 잠든 척했다. 다섯 개의 감각을 곤두세운 채, 다음 기회를 노리면서.

기회는 언제 다시 찾아올지 모르는 거니까. 앞으로 4천 년 동안.

11장
돌아오는 이들

놀랍게도, 높이 올라간 이들은 언젠가는 떨어져 내려야 하는 법이다.

온 세계를 뒤덮은 어둠의 눈보라 속에서, 거꾸로 부는 바람 속에서, 지평선의 경계까지 휩쓸려 올라간 이들은 잠시 머뭇거리다 이윽고 아메리카 대륙으로 다시 떨어져 내리기 시작했다.

일리노이 북부 전역에 먹구름이 모여들어 비를 뿌리기 시작했고, 그 비를 타고 영혼이, 그 비를 타고 떠나간 날짐승들이, 그 비를 타고 여행을 포기하고 귀향 파티가 벌어졌던 곳으로 돌아오는 이들이 내려왔다. 이번에는 기쁨 대신 슬픔을 머금은 채로.

한때 기쁨이 가득했던 유럽과 미국의 하늘에는 이제 억압과

편견과 불신의 구름에 떠밀려온 우울한 기운만이 들어차 있었다. 귀향 파티에 참석했던 손님들은 다시 저택 근처로 돌아와 창문으로, 다락방으로, 지하실로 스며들어 재빨리 모습을 감추었다. 가족들은 무슨 일인지, 벌써 두 번째 귀향 파티를 하게 된 것인지, 세상이 종말을 맞이한 것은 아닌지 궁금하게 여겼다. 그리고 세상의 끝이 다가왔다는 추측은 어느 정도는 사실이었다. 적어도 그들의 세상은 끝나고 있었으니까. 비처럼 내리는 영혼들, 폭풍우처럼 몰아치는 갈 곳을 잃은 자들이 지붕에 들러붙고, 지하의 술통 사이로 넘쳐흐르며, 구원이 찾아오기를 기다리고 있었다. 결국 가족은 회합을 연 다음 세상을 등지고 숨을 필요가 있는 동족들을 한 사람씩 맞아들이기 시작했다.

이런 갈 곳 잃은 영혼들 중 맨 처음으로 가족이 된 이는 유럽에서 기차를 타고 북쪽으로 여행하던 자였다. 자욱한 안개의 땅, 갈증을 달래주는 가랑비가 내리는 땅을 향해서……

12장
오리엔트 북행 특급

나이 든 여인이 창백한 손님을 알아챈 것은 베니스에서 파리를 거쳐 칼레로 가는 오리엔트 특급열차 위에서였다.

끔찍한 질병으로 죽어가는 여행자임이 분명했다.

뒤에서 세 번째 객차의 22번 칸을 차지하고 식사를 객실로 가져다달라고 한 모양이었으며, 황혼이 내려앉을 때만 식당차로 나와서 전기로 밝히는 가짜 불빛과 쨀랑거리는 크리스털 식기와 여인의 웃음소리에 둘러싸여 우두커니 앉아 있었다.

오늘 밤 그는 지독하게 천천히 걸음을 옮기며 식당차로 들어와 나이 든 여인의 건너편에 자리를 잡았다. 가슴은 성채와 같고, 눈썹은 우아하고, 눈에는 시간 속에서 부드럽게 성숙된 친절함이 가득 차 있는 여인의 건너편에.

여인의 한쪽 옆에는 검은 진료 가방이 놓여 있고, 투박한 옷깃 주머니에는 체온계가 꽂혀 있었다.

창백한 남자의 핼쑥한 모습을 본 여인의 왼손이 문득 옷깃을 타고 올라가 체온계를 건드렸다.

"어머나, 세상에." 미네르바 할리데이 양은 이렇게 중얼거렸다.

수석 웨이터가 옆을 지나가고 있었다. 그녀는 그의 팔꿈치를 부드럽게 건드린 다음 건너편 자리로 고갯짓을 하며 물었다.

"실례지만, 저 불쌍한 남자는 어디까지 가나요?"

"칼레를 거쳐 런던까지 가실 겁니다, 부인. 신께서 도우신다면 말이지만요."

그리고 그는 서둘러 자리를 떴다.

식욕이 사라진 미네르바 할리데이 양은 건너편에 앉아 있는, 눈으로 빚은 앙상한 인간의 형체를 바라보았다.

남자와 그 앞에 놓인 식기는 마치 하나가 되어버린 것만 같았다. 나이프, 포크, 스푼이 차가운 은빛 종소리를 울렸다. 남자는 식기가 떨리며 움직이고 서로 부딪치며 울리는 소리가 마치 자신의 영혼 내면에서 들려오는, 다른 세상의 소리라도 되는 듯 매료되어 귀를 기울이고 있었다. 손은 홀로 남은 강아지처럼 얌전히 무릎에 올린 채였고, 열차가 긴 커브 구간으로 들어서자 그의 몸은 무심하게 이리저리 통기듯 흔들렸다.

그 순간 열차는 더욱 급한 커브 구간으로 접어들었고, 식기는 짤랑거리며 바닥으로 떨어졌다. 멀리 떨어진 식탁에서 여성 한 명이 웃으며 목소리를 높였다. "그건 못 믿겠는데요!"

그 말에 다른 남자가 더 크게 웃으며 소리쳤다.

"나도 그렇소!"

우연일지는 몰라도, 창백한 여행자의 몸은 그 말이 울린 순간 끔찍하게 녹아내렸다. 불신이 담긴 웃음이 그의 귀를 파고든 바로 그 순간.

여행자의 몸은 눈에 보일 정도로 졸아들었다. 눈두덩이 푹 꺼지며 입에서 새어 나오는 차가운 숨결을 그대로 상상할 수 있을 정도였다.

충격을 받은 미네르바 할리데이 양은 앞으로 몸을 숙이며 한쪽 손을 뻗었다. 그리고 자기도 모르게 이렇게 속삭였다.

"나는 믿어요!"

순식간에 효과가 나왔다.

창백한 승객은 자세를 바로잡고 앉았다. 창백한 볼에 핏기가 돌아왔다. 눈에 다시 불길이 타오르기 시작했다. 남자는 고개를 돌려 건너편에 앉아 있는, 치유력을 담은 말을 건네는 기적의 여인을 바라보았다.

나이 든 간호사는 얼굴을 붉히며 너른 가슴을 움찔거리더니, 황급히 일어나 자리를 떴다.

5분도 지나지 않아 수석 웨이터가 서둘러 통로를 따라 걸어오며 문을 두드리고 뭔가를 속삭이기를 반복하는 소리가 미네르바 할리데이 양의 귓가에 닿았다. 열어놓은 문을 지나치던 웨이터는 그녀를 흘긋 바라보았다.

"실례지만 혹시 부인—."

"아뇨. 전 의사는 아니에요." 그녀는 앞질러 말했다. "하지만 등록증을 가진 간호사이기는 하죠. 식당에 있던 그 나이 든 사람 일인가요?"

"네, 그렇습니다! 부디, 부인. 이쪽입니다!"

창백한 남자는 자기 객실로 옮겨져 있었다.

미네르바 할리데이 양은 문으로 손을 뻗으며 안을 들여다보았다.

그 묘한 남자가 안에 누워 있었다. 눈을 질끈 감고, 꾹 다문 핏기 없는 입이 칼에 베인 상처처럼 보였다. 누워 있는 그에게서 느껴지는 생명의 기색이라고는 기차의 움직임에 따라 흔들리는 머리밖에 없었다.

세상에, 죽은 것 같은데! 그녀는 생각했다.

그리고 밖으로는 이렇게 말했다. "필요한 일이 있으면 부를게요."

수석 웨이터는 자리를 떴다.

미네르바 할리데이 양은 조용히 미닫이문을 닫은 다음 죽은 남자를 살펴보기 위해 몸을 돌렸다. 죽은 것이 분명했기 때문이다. 그렇기는 해도…….

그러나 마침내 그녀는 손을 뻗어 손목을 만졌고, 그 아래 흐르는 얼음처럼 차가운 액체를 느꼈다. 손가락이 드라이아이스에 화상을 입기라도 한 듯, 그녀는 화들짝 놀라 손을 떼었다. 그리고 그녀는 몸을 숙여 창백한 남자의 얼굴에 대고 속삭였다.

"내 말 잘 들어요. 알겠죠?"

그녀의 말에 응답하는 듯, 가장 차가운 심장 박동 소리가 한 번 들린 것만 같았다.

그녀는 말을 이었다. "이런 생각을 어떻게 하게 된 건지 모르겠지만, 나는 당신이 누구인지 알아요. 당신이 어떤 병에 걸렸는지도 알고 있고—."

기차가 방향을 틀었다. 남자의 머리가 마치 목이 부러지기라도 한 것처럼 한쪽으로 힘없이 굴렀다.

"당신이 무엇에 죽어가고 있는지를 말해볼까요!" 그녀가 속삭였다. "당신은 **인간**이라는 질병을 앓고 있는 거예요!"

남자는 심장을 관통당하기라도 한 것처럼 눈을 크게 떴다. 그녀는 말했다.

"이 기차의 사람들이 당신을 죽이고 있는 거지요. 그들이 당신의 질병인 거예요."

숨결과 비슷한 어떤 것이 단단히 아문 상처와 같은 남자의 입에서 흘러나왔다.

"맞아…… 요…….

그녀의 손이 남자의 손목을 단단히 붙들고 맥박을 찾기 시작했다.

"당신은 중부 유럽에 있는 나라에서 왔겠죠. 맞죠? 긴긴 밤에 바람이 불면 사람들이 귀를 기울이는 나라요. 그러나 이제 상황이 변하는 바람에 당신은 여행자가 되어 도망치려는 거예요. 그런데도…….

바로 그 순간 포도주에 절은 젊은 여행자 무리가 소란스럽게 바깥 통로를 지나가며 웃음을 총알처럼 마구 발사했다.

창백한 승객은 다시 말라붙어갔다.

"그런…… 걸…… 어떻게…… 아는 거죠?" 그가 속삭였다.

"나는 특별한 경험을 한 특별한 간호사거든요. 당신과 같은 사람을 여섯 살 때 본 적이, 만난 적이 있어요."

"봤다고요?" 창백한 남자가 간신히 내뱉었다.

"아일랜드에서, 킬레샨드라 근처에서요. 우리 삼촌네 집이 백 년은 된 곳인데, 비와 안개가 가득하고 늦은 밤이면 지붕 위에서 발걸음 소리가 들리고 홀에서는 폭풍이 밀어닥치는 소리가 들리죠. 그러다 결국 그림자가 제 방까지 들어온 거예요. 내 침대에 앉아 있었는데, 그 몸에서 나오는 한기 때문에 나까지 추워질 지경이었어요. 그걸 기억하고 꿈이 아니라는 것을 아는 이유는, 내 침대에 앉아서 속삭였던 그 그림자가…… 당신하

115

고…… 상당히 비슷했기 때문이에요."

눈을 감은 채로, 극지방처럼 얼어붙은 영혼 깊은 곳에서 끌어올린 목소리로, 늙고 병든 남자는 신음 소리처럼 되물었다.

"그러면 나는…… 누구…… 무엇인 겁니까?"

"당신은 아픈 게 아니에요. 죽어가는 것도 아니죠. 당신은—."

오리엔트 특급열차의 경적이 길게 울음소리를 내뱉었다.

"—유령이에요." 그녀가 말했다.

"그래요!" 남자가 소리쳤다.

갈망이, 인식이, 확신이 담긴 외침이었다. 그는 거의 몸을 똑바로 세우며 일어나 앉았다.

"그겁니다!"

바로 그 순간 의식을 치르고 싶어 의욕만만한 상태의 젊은 성직자 한 명이 문가에 등장했다. 반짝이는 눈과 여러 번 핥아 촉촉한 입술에, 한 손에는 십자가 목걸이를 굳게 쥔 채로, 그는 병약한 모습의 창백한 승객을 바라보고는 물었다. "실례지만 혹시—."

"고해성사입니까?" 나이 든 승객은 은상자의 뚜껑을 열 듯 한쪽 눈을 떴다. "당신한테? 됐습니다." 그의 시선이 간호사를 향했다. "이 부인에게 받지요!"

"하지만 선생!" 젊은 성직자가 소리쳤다.

그는 뒤로 물러서서 십자가를 낙하산을 펼치는 줄처럼 꾹 붙들고는 몸을 돌려 달아나버렸다.

더욱 수수께끼가 깊어진 환자는 홀로 남은 나이 든 간호사를 물끄러미 바라보다가 마침내 입을 열었다.

"나를 어떻게 돌봐줄 수 있습니까?" 남자는 헐떡이며 말했다.

"글쎄요." 그녀는 슬쩍 자신 없는 웃음을 터트리며 대답했다. "방법을 찾아봐야죠."

다시 한 번 앞길을 뒤덮는 밤과 안개를 마주한 오리엔트 특급 열차는 날카로운 경적 소리를 울리며 그 사이를 찔러 들어갔다.

"칼레로 가는 건가요?" 그녀가 물었다.

"그 너머까지, 도버로, 런던으로, 그리고 가능하면 에든버러 근교에 있는 성까지 갈 생각입니다. 거기까지 가면 안전해질 테니……."

"그건 거의 불가능할 것 같은데요." 그녀의 말에 남자는 심장을 꿰뚫린 표정이 되었다. "아니, 아니, 잠깐, 기다려요!" 그녀가 소리쳤다. "내가 없으면 불가능할 것 같다는 말이에요! 내가 당신과 함께 칼레를 지나 도버로 건너갈게요."

"하지만 부인은 내가 누군지도 모르지 않습니까!"

"아, 하지만 어릴 적에 당신을 꿈속에서 보았는 걸요. 당신과 비슷한 존재를 만나기 훨씬 전에, 아일랜드의 안개와 빗방울 속에서요. 아홉 살이 되자 배스커빌의 개를 찾아서 황야를 뒤지기 시작했고요."

"그렇군요." 창백한 승객이 말했다. "당신은 영국인이지요. 그리고 영국인은 믿는 법을 알지요!"

"맞아요. 의심만 하는 미국인들보다 훨씬 나아요. 프랑스인? 냉소밖에 모르죠! 영국인이 최고예요. 런던의 옛 저택들 중에서 새벽이 오기 직전의 흐느끼는 안개로 이루어진 슬픈 여주인이 살지 않는 곳은 하나도 없을 걸요."

그 순간 길게 이어지는 곡선 철로에 흔들려 객실 문이 활짝 열려버렸다. 독기 어린 대화가, 광기를 담은 수다가, 또는 반종교적이라고밖에 말할 수 없는 웃음소리가 복도로부터 밀려들었다. 창백한 승객은 시들기 시작했다.

미네르바 할리데이 양은 즉시 자리에서 일어나 문을 쾅 닫고는 평생 잠의 물결 속에서 만나온 여행 친구를 따스한 눈길로 바라보았다.

"그래서, 당신." 그녀가 물었다. "당신은 정확하게 어떤 존재인가요?"

창백한 승객은 그녀의 얼굴에서 먼 옛날 만났음직한 슬픔에 겨운 아이의 얼굴을 보면서, 자신의 인생을 이야기하기 시작했다.

"나는 200년 동안 비엔나 근교의 어떤 장소에 '살았습니다'. 무신론자뿐 아니라 독실한 자들의 공격에서도 살아남기 위해서 도서관에, 먼지 가득한 서고 안에 숨어 전설이나 무덤가 이야기들을 먹으며 살았지요. 한밤중에 날뛰는 말이나 짖어대는 개, 도망치는 고양이의 혼란과 공포를 게걸스럽게 먹어치우기도 했지요……. 묘석 상판에서 떨어져 나온 돌가루 같은 찌꺼기를 말입니다. 시간이 흐르며 성이 무너지고, 영주들이 유령이 서성이는 정원을 여성 클럽이나 여관 경영자들에게 임대해주면서, 보이지 않는 세계의 동료들은 하나씩 사라져 갔습니다. 쫓겨난 우리 떠돌이 유령들은 끈적이는 늪지대에, 불신과 회의주의와 멸시에, 또는 대놓고 드러난 광기에 붙들려 가라앉아버렸습니다. 인구와 불신이 날마다 곱절로 불어나는 속에서 유령친구들은 모두 도망쳐버렸지요. 저만 빼고요. 마지막 남은 저는 기차를 타고 유럽을 가로질러 안전한 곳으로, 빗줄기에 젖은 성채로 도망치려 했습니다. 사람들이 검은 연기의 형상으로 떠돌아다니는 영혼을 보고 제대로 놀라는 곳으로요. 잉글랜드와 스코틀랜드로 가고 싶었지요!"

남자의 목소리는 그대로 침묵으로 잦아들었다.

"당신 이름이 뭐죠?" 그녀가 마침내 물었다.

"이름은 없습니다." 남자가 속삭였다. "천 번의 안개가 우리 가족이 묻혀 있는 땅을 방문했지요. 천 번의 빗줄기가 내 묘석을 적셨습니다. 안개와 물과 햇빛이 끌로 새긴 자국을 지워버렸지요. 내 이름은 꽃과 잔디와 대리석 가루와 함께 사라져버렸습니다." 그는 눈을 떴다.

"왜 이런 일을 하는 겁니까? 왜 나를 돕는 거지요?"그가 물었다.

그녀는 마침내 미소를 지었다. 자신의 입술에서 옳은 답이 나오는 것을 들을 수 있었기 때문에.

"저는 평생 종달새를 손에 넣어본 적이 없어요."

"종달새요?!"

"내 평생은 박제된 올빼미와 같은 것이었지요. 수녀가 아닌데도 결혼을 하지 않았어요. 허약한 어머니와 눈이 반쯤 먼 아버지를 돌보면서, 병원에, 묘석 같은 침상에, 밤마다 들려오는 비명 소리에, 근처의 남자들에게 향수로 여길 수는 없는 약물 냄새에 찌들어 지냈지요. 그러니 나 또한 어떻게 보면 유령인 셈이지 않나요? 그런데 66년이 지난 오늘 밤이 되어서야, 나는 마침내 당신이라는 환자를 찾아낸 거예요! 놀라울 정도로 다르고, 신선하고, 완벽하게 새로운 환자를요. 아, 주여. 이게 얼마나 큰 도전인지. 나는 당신을 돌보며 이 기차의 사람들에 맞서고, 파리의 사람들을 뚫고, 바다까지 가서 기차에서 내려 정기선을 탈 거예요! 분명히 아주 놀라운—."

"그래서 종달새로군요!"창백한 승객이 소리쳤다. 격렬한 웃음이 그의 몸을 휩쓸고 지나갔다. "종달새? 그래, 우리는 종달새입니다!"

"하지만 파리에서는 성직자를 태워 죽이면서도 종달새 요리

120

를 먹지 않던가요?" 그녀가 말했다.

그는 눈을 감고 중얼거렸다. "파리요? 아, 그렇지요."

기적 소리가 울렸다. 밤이 지나갔다.

그리고 그들은 파리에 도착했다.

기차가 역으로 들어가는 동안, 여섯 살 정도 되어 보이는 꼬마가 달려 지나가다가 그대로 얼어붙었다. 아이는 창백한 승객을 멍하니 바라보았고, 창백한 승객은 남극의 유빙을 연상케 하는 시선으로 되받아주었다. 소년은 울면서 도망쳐버렸다. 나이든 간호사는 문을 휙 밀고 밖을 내다보았다.

아이는 복도 반대쪽에서 자기 아버지를 붙들고 횡설수설하는 중이었다. 아버지는 쿵쿵대며 복도를 따라 걸어오며 소리쳤다.

"대체 무슨 일인 거요? 누가 내 아들을 겁먹게—."

남자는 말을 멈추었다. 천천히 정지하는 오리엔트 특급열차의 음울한 승객에게서 시선을 떼지 못한 채, 문밖에 못박혀 서 있었다. 혀가 간신히 움직여 입안에 남은 말을 밀어냈다. "—한 거요."

창백한 승객은 안개와 같은 회색 눈빛으로 그를 조용히 바라보았다.

"나는—." 프랑스인 남자는 뒤로 물러서며, 믿을 수 없다는 듯 침을 꿀꺽 삼켰다. "용서해주십시오! 실례했습니다!"

그리고 아들을 돌아보며 험악한 표정으로 밀어내기 시작했다. "말썽꾸러기 같으니. 냉큼 움직여!" 문이 쾅 하고 닫혔다.

"파리입니다!" 목소리가 기차 안을 울려 퍼졌다.

"입 다물고 서둘러요!" 미네르바 할리데이 양은 부산스럽게 나이 든 친구를 짜증과 잘못 운반된 짐짝으로 가득한 승강장으로 끌어내렸다.

"녹아내릴 텐데요!" 창백한 승객이 소리쳤다.

"내가 지금 데려가는 곳에서는 안 녹을 거예요!" 그녀는 소풍 바구니를 들어 보이며 그를 이끌고 단 하나 남은 택시까지 전진하는 기적을 선보였다. 그리고 그들은 먹구름이 잔뜩 낀 페르 라셰즈 공동묘지에 도착했다. 거대한 철문이 천천히 닫히고 있었다. 간호사는 프랑 지폐 몇 장을 흔들었다. 철문이 멈추었다.

안으로 들어간 두 사람은 더듬대고 비틀거리며 안으로 나아가면서도, 일만 개의 묘석들 사이에서 평화를 찾았다. 차가운 대리석이, 숨어 있는 영혼들이 너무도 많이 있어서, 나이 든 간호사는 어지러움과, 한쪽 손목의 통증과, 얼굴 왼쪽을 휩쓰는 한기를 느꼈다. 그녀는 고개를 흔들어 이 모든 것을 물리쳤다. 그리고 두 사람은 함께 돌무더기 사이에 주저앉았다.

"어디서 소풍을 하나요?" 그가 말했다.

"어디든 상관없죠. 하지만 조심해요! 여긴 프랑스 공동묘지니까! 불신으로 가득 차 있을 거예요. 합리주의자들이 신념을 이유로 사람들을 화형에 처하고 나면, 다음 해에는 바로 그 사람들이 또 자신들의 신념 때문에 화형당하곤 했지요! 조심해서 골라보세요!" 함께 걸음을 옮기면서, 창백한 승객은 고개를 끄덕였다.

"이쪽 첫 번째 묘석을 보세요. 저 아래에는 아무것도 없어요. 최종적인 죽음뿐, 시간의 속삭임은 느껴지지 않습니다. 두 번째 묘석은 여인이로군요. 몰래 신앙을 간직하고 있었어요. 남편을 사랑했고, 영원 속에서 사랑했던 이를 다시 만나고 싶어 했기 때문에…… 여기서는 영혼의 속삭임이, 마음의 움직임이 느껴집니다. 더 낫군요. 그럼 세 번째 묘석을 보지요. 프랑스 잡지에 스릴러 소설을 연재하던 작가로군요. 하지만 이 사람은 밤과 안개와 성을 사랑했어요. 이 묘석이야말로 훌륭한 포도주처럼 적절한 온도를 가지고 있습니다. 친애하는 부인, 여기 앉아서 다음 기차를 기다리기로 하지요. 샴페인을 따르는 것이 어떻습니까."

그녀는 잔을 권했다. "마실 수 있겠어요?"

"시도는 해봐야지요." 그는 잔을 받아들었다. "시도는 해봐야 하지 않겠습니까."

창백한 승객은 파리를 떠날 때 거의 '죽을' 뻔했다. 사르트르의 『구토』에 관한 세미나에서 갓 나온 한 무리의 지성인들이 시몬 드 보부아르에 대해 열띤 토론을 벌이며 복도로 밀려들어와서는, 뜨겁게 달아오른 공허한 공기를 남기고 몰려가버린 것이다.

창백한 승객은 더욱 창백해졌다.

파리를 떠난 다음 첫 정차역에서, 두 번째 침략이 닥쳐왔다! 독일인 한 무리가 선조의 혼령에 대한 불신과 정치에 대한 의심을 큰 소리로 외치며 기차에 올라탄 것이다. 심지어 어떤 이는 『신이 존재한 적이 있는가?』라는 제목의 책을 들고 있기까지 했다.

오리엔트 특급열차의 유령은 골격이 X선 사진처럼 보일 정도로 핼쑥해졌다.

"아, 세상에." 미네르바 할리데이 양은 이렇게 외치며 서둘러 자기 객실로 달려가 책을 한아름 안고 돌아와 바닥에 쏟아냈다.

"『햄릿』이에요! 그 사람 아버지 알죠? 『크리스마스 캐럴』도 있어요. 유령이 네 명이나 등장하죠! 『폭풍의 언덕』도요. 케이시가 유령이 되어서 돌아오지 않던가요? 유령이 되어 눈밭을 서성이잖아요? 아, 『나사의 회전』도 있네요……. 『레베카』도! 그리고 이게 내가 제일 좋아하는 거예요. 『원숭이 손』! 어느 게 좋아요?"

그러나 오리엔트 특급열차의 유령은 말리의 유령처럼 웅얼거리지도 못했다. 눈은 그대로 멍하니 허공을 바라보고, 입은 고드름으로 꿰매놓은 모습이었다.

"조금만 참아요!" 그녀가 소리쳤다.

그리고 첫 번째 책을 펼쳐서…….

햄릿이 성벽 위에 서서 아버지의 유령이 신음하는 소리에 귀를 기울이는 장면을 찾은 다음, 다음의 대사를 크게 읽었다.

"내 말을 들으라……. 나의 시간은 거의 끝났으니……. 내가 유황불이 가득한 지옥에……. 내 몸을 맡겨야 할 때에는……."

그녀는 계속 읽었다.

"나는 그대 아버지의 망령이니, 정해진 시간 동안 밤 속을 헤매어야 하는 운명으로……."

그리고 또.

"……만약 그대가 아버지를 사랑한 적이 있다면…… 아, 신이시여! 그가 겪은 가장 끔찍하고 부자연스러운 살해에 대한 복수를 할지어니……."

그리고 또.

"가장 추악한 살인을……."

그리고 기차가 밤을 뚫고 달려가는 속에서, 그녀는 햄릿 아버지 망령의 마지막 대사를 읽었다.

"……마지막으로 작별 인사를 건네노니……"

"……잘 있으라, 아들이여! 나를 기억하라."

그리고 그녀는 다시 읊었다.

"……나를 기억하라!"

이 말에 오리엔트 특급열차의 유령은 움찔 몸을 떨었다. 그녀는 멀리 떨어진 책으로 손을 뻗었다.

"……다른 무엇보다, 말리는 이미 죽은 몸인데……."

오리엔트 특급열차는 어스름 속의 다리를 타고, 눈에 보이지 않는 시냇물 위를 건너기 시작했다.

그녀의 손길이 새처럼 바삐 파닥거렸다.

"나는 과거의 크리스마스의 유령일세!"

그리고.

"유령 마차는 달각거리는 소리와 함께 안개 속으로 미끄러지듯 들어가 사라졌다―."

오리엔트 특급열차의 유령의 입가에서, 말발굽 소리가 희미하게 남아 울리고 있지 않은가?

"두근거리는 맥박 소리가, 바닥의 나무 널 아래서, 감출 수 없는 노인의 심장의 존재를 알려주기 시작했다!" 그녀는 나직하게 소리쳤다.

바로 그 순간! 펄떡이는 개구리처럼, 오리엔트 특급열차 유령의 심장에 한 시간 만에 처음으로 맥이 뛰기 시작했다.

통로 반대편의 독일인들은 불신을 대포처럼 쏘아댔다.

그러나 그녀는 특효약을 계속 들이부었다.

"황야에서 울부짖는 사냥개는―."

가장 쓸쓸한 울음소리가, 그 반향음이, 그녀의 여행 동료의 영혼에서 뿜어져 나와 그의 목구멍에서 울리기 시작했다.

밤이 깊어지고 달이 떠올라 흰옷을 입은 여인처럼 달빛이 온 세상을 감싸기 시작하는 동안에도, 나이 든 간호사는 읽고 또 읽었다. 박쥐의 형상이 늘대로 변했다가 도마뱀으로 변해 창백한 승객의 이마를 타고 오르기 시작했다.

마침내 모두 잠들어 기차 안이 조용해지자, 미네르바 할리데이 양은 마지막 남은 책을 바닥으로 툭 떨어트리며 그대로 누웠다.

"평화롭게 잠들기를?" 오리엔트 열차의 여행자는 눈을 감은 채 속삭였다.

"그래요." 그녀는 웃음지으며 고개를 끄덕였다. "평화롭게 잠들기를." 그리고 그들은 함께 잠들었다.

이내 그들은 바다에 도착했다.

옅은 물안개가 차츰 짙어지더니, 이윽고 가랑비로 변했다. 수평선을 가늠할 수 없는 하늘이 마음껏 눈물을 흘리고 있는 것만 같았다.

그 빗줄기를 본 창백한 승객은 굳게 다문 입을 열고, 음산한 하늘과 파도의 유령이 들락거리는 해안에 감사를 표했다. 기차는 이제 빗살 안으로 들어갔고, 사람들은 가득 찬 기차에서 가득 찬 배로 갈아타기 위해 몰려가기 시작했다.

오리엔트 특급의 유령은 뒤로 물러나 기다렸다. 마침내 저절로 을씨년스러워진 기차에 남은 마지막 손님이 될 때까지.

"잠깐 기다려요." 유령은 힘없이, 비참한 목소리로 울부짖었다. "저 배를 좀 봐요! 저긴 숨을 데가 없잖아요! 게다가 세관도 있고!"

그러나 세관원은 검은색 모자와 귀마개 아래 숨은 창백한 얼굴을 보더니, 즉시 겨울처럼 창백한 영혼을 향해 정기선에 오르라고 손짓했다.

어리석은 목소리와 무지로 가득한 팔꿈치에 둘러싸인 채, 배가 흔들릴 때마다 서로 밀치고 들어오는 겹겹이 쌓인 승객들 속에서, 간호사는 자신이 돌보는 연약한 고드름이 다시 녹아내리는 모습을 목격했다.

어디선가 들려오는 아이들의 새된 외침이 그녀를 움직이게 만들었다. "빨리 이리 와요!"

그리고 그녀는 허수아비가 되어버린 남자를 붙들고 소년소녀들이 모여 있는 곳으로 향했다.

"안 돼, 너무 시끄러워요!" 늙은 승객이 소리쳤다.

"여긴 다르다고요!" 간호사는 남자를 붙들고 문 안으로 밀어넣었다. "이 안에 명약이 있으니까!"

노인은 멍하니 주변을 둘러보았다.

"세상에. 여긴…… 놀이방이로군요." 그가 중얼거렸다.

그녀는 그를 아이들의 환호성 가운데로 이끌었다.

"얘들아! 이야기 들을 시간이야!"

아이들이 신경도 쓰지 않고 다시 달려가려 할 때, 그녀는 이렇게 덧붙였다. "유령 이야기 시간이야!"

그녀는 가볍게 창백한 승객 쪽을 가리켜 보였다. 창백한 나방처럼 보이는 손가락이 얼어붙은 목덜미에 걸린 스카프를 움켜쥐고 있는 모습이었다.

"모두 자리에 앉아!" 간호사가 소리쳤다.

아이들은 즐거움에 겨워 비명을 지르며 티피를 둘러싸고 앉은 인디언들처럼 오리엔트 특급의 여행자 주변으로 둘러앉았다. 그리고 그의 몸을 따라, 차가운 눈보라가 새어 나오는 입가로 시선을 올렸다.

"너희는 유령을 믿지?" 간호사가 물었다.

"그럼요! 당연하죠!" 아이들이 소리쳤다.

등골을 따라 장대를 푹 꽂은 것처럼, 오리엔트 특급의 여행자는 허리를 꼿꼿이 세웠다. 아주 작은 부싯돌의 불꽃이 눈 안에 피어올랐다. 볼에는 겨울 장미의 꽃봉오리가 피어났다. 아이들이 자신 쪽으로 조금씩 몸을 기울일수록 그는 점점 키가 커졌고, 따스한 피부색도 되돌아왔다. 고드름 같은 손가락으로 그는 아이들의 얼굴을 가리켰다.

"나는." 나직한 목소리였다. "내가." 잠시 침묵이 흘렀다. "내가 아주 무시무시한 이야기를 해주마. 진짜 유령이 나오는 이야기란다!"

"와, 좋아요!" 아이들이 소리쳤다.

그렇게 그는 이야기를 시작했다. 열정을 담아 움직이는 그의 혀가 안개를 소환하고, 이슬비를 유혹하고, 빗줄기를 초대했다. 아이들은 서로 끌어안으며 점차 가까이 다가왔고, 그는 가득 모여든 숯불 앞에서 행복하게 몸을 녹였다. 그가 계속 이야기하는 동안 할리데이 간호사는 근처 문간으로 물러서서 그가 무시무시한 바다 건너편에서 보기를 원하던 것들을, 유령처럼 보이는 백악의 절벽을, 그를 안전하게 맞아줄 도버의 절벽이 그리 멀지 않은 곳에서 기다리는 모습을, 속삭이는 탑들을, 중얼거리는 성벽 안쪽의 피난처를, 유령이 예전과 똑같은 모습으로 도사리고 있는 곳을, 고요한 다락방이 기다리고 있는 곳을 바라보았다. 그렇게 바라보던 나이 든 간호사의 손이 절로 옷깃을 타고 올라와 체온계로 향했다. 그녀는 자신의 맥을 짚어 보았다. 순간 어둠이 그녀의 눈가를 덮었다.

아이 한 명이 물었다. "아저씬 누군가요?"

실크 스카프를 가다듬으면서, 창백한 여행자는 자신의 상상력을 한껏 끌어올려 이 질문에 답했다.

상륙을 알리는 기적 소리가 울려 퍼지며 한밤중의 이야기도 끝을 맺었다. 부모들이 쏟아져 들어오며 이야기 속에 빠져 있는 아이들을 잡아채 갔다. 부드럽게 입을 놀려 아이들의 등골을 오싹하게 만들고 있던 오리엔트 특급의 신사는 얼어붙은 눈길로 그 모습을 바라보면서도, 정기선이 부두에 멈추고 마지막 남은 소년이 저항하면서 끌려 나가는 순간까지도 중얼거리는 이야기를 멈추지 않았다. 정기선이 마치 자신도 기나긴 한밤중의 이야기에 홀린 듯 빠져 있었던 것처럼 달콤한 떨림을 멈추었을 때, 아이들의 놀이방에는 노인과 간호사밖에는 남아 있지 않았다.

건널 판자에 도착해서, 오리엔트 특급의 여행자는 활기가 약간 돌아온 목소리로 이렇게 말했다. "아니, 괜찮아요. 내려갈 때는 부축해주지 않으셔도 됩니다. 잘 보세요!"

그리고 그는 가뿐한 걸음으로 널판을 타고 내려갔다. 아이들이 그의 혈색과 키와 목소리를 되찾아줄 때처럼, 잉글랜드로 다가서는 걸음을 옮길 때마다 그의 걸음걸이에는 한층 힘이 들어갔고, 마침내 부두에 발을 딛는 순간 작고 행복한 환희의 소리가 그의 창백한 입술에서 울려 퍼졌다. 그 뒤를 따라오던 간호사는 찌푸린 얼굴을 펴고 그가 기차를 향해 달려가는 모습을 바라보았다.

남자가 아이처럼 앞으로 달려가는 모습을 바라보는 그녀는, 고작해야 간신히 서 있을 뿐이었다. 기쁨으로, 그리고 기쁨 이상의 다른 무언가로 굳어버린 채. 달려가는 그를 따라 그녀의 심장도 고동치며 달려갔고, 갑자기 끔찍한 고통이 그녀를 파고들었다. 어둠의 장막이 내리덮으며 그녀는 정신을 잃었다.

서둘러 달려가는 창백한 승객은 나이 든 간호사가 옆에도 뒤에도 따라오지 않는 것을 깨닫지 못했다. 너무도 행복하게 달리고 있었기 때문에.

기차에 도착한 그는 숨을 헐떡이며 "다 왔군요!"라고 말하고 객실 손잡이를 꽉 붙들었다. 그제야 그는 상실감을 느끼고 주변을 둘러보았다.

미네르바 할리데이의 모습은 보이지 않았다.

그러나 다음 순간, 그녀가 도착했다. 예전보다 창백해진 얼굴이지만, 놀라울 정도로 환한 미소를 짓고 있었다. 그녀는 비틀대다 거의 넘어질 뻔했다. 이번에는 그가 손을 뻗어 그녀를 붙들어주었다.

"친애하는 부인, 정말로 신세를 졌습니다." 그가 말했다.

그녀는 그를 바라보며, 조용한 목소리로, 그가 자신을 제대로 바라봐주기를 원하며 말했다. "나는 떠나지 않을 거예요."

"그러면……?"

"당신과 함께 갈 거니까요." 그녀가 말했다.

"하지만 계획이 있지 않으셨습니까?"

"바뀌었어요. 이제 더는 갈 곳이 없네요."

그녀는 반쯤 고개를 돌려 어깨너머를 바라보았다.

부둣가에 사람들이 모여들어 널판 위에 쓰러져 있는 누군가를 살피고 있었다. 수런거리는 소리를 뚫고 고함이 울렸다. '의

사'를 찾는 말이 여러 번 들려왔다.

창백한 승객은 미네르바 할리데이를 바라보았다. 그리고 모여든 군중과 그들이 당황해서 바라보는 대상 쪽을 돌아보았다. 체온계 하나가 부러진 채로 사람들의 발치에 뒹굴고 있었다. 그는 다시 미네르바 할리데이 쪽으로, 아직도 부러진 체온계를 바라보고 있는 그녀 쪽으로 시선을 돌렸다.

"아, 친애하는 상냥한 부인." 그는 마침내 입을 열었다. "갑시다."

그녀는 그의 얼굴을 바라보며 물었다. "종달새가 있는 곳으로?"

그는 고개를 끄덕였다. "그렇습니다!"

남자는 그녀가 기차에 오르는 것을 도왔고, 기차는 머지않아 출발해서 온갖 소음과 경적을 울리며 런던과 에든버러와 황무지와 성채와 어두운 밤과 기나긴 세월로 향하는 철길을 따라 움직이기 시작했다.

"그 여자는 누구였나요?" 창백한 승객은 부두에 모여 있는 군중을 돌아보며 물었다.

"아, 글쎄요." 간호사가 말했다. "나도 제대로 알지 못하던 사람인 걸요."

그렇게 기차는 사라졌다.

침목의 진동은 꼬박 20초가 지난 후에야 간신히 멎었다.

13장
노스트룸 파라켈시우스 크룩

"내가 누군지 말하지 말라. 알고 싶지 않으니까. 우리는 언제
나 이렇게 말했다."

놀랍도록 거대한 집 뒤편의 웅장한 외양간의 적막을 뚫고, 말
소리가 울려 퍼졌다.

노스트룸 파라켈시우스 크룩이 말하는 소리였다. 처음으로
도착한 세 명 중 하나였고, 그때부터 지금까지 절대 떠나지 않
겠다는 협박을 반복하는 자였다. 덕분에 귀향 파티로부터 며칠
이 지난 황혼 녘에 이곳에 모여든 모든 이들은 허리가 휘고 영
혼이 망가질 지경이었다.

노스트룸 P. C.라는 이름으로 알려진 이 사람은 꼽추인 데다
입매의 가운데쯤 되는 곳에도 비슷한 질병을 앓고 있었다. 게다

가 한쪽 눈은 어떤 식으로 보느냐에 따라 반쯤 감기거나 반쯤 뜬 상태였고, 눈꺼풀 뒤편의 눈알은 밝게 타오르는 붉은 수정인 데다 약간 사팔뜨기 기미가 있었다.

"그걸 다른 말로 하자면……." 노스트룸 P. C.는 잠시 말을 멈추었다가 다시 입을 열었다.

"뭘 해야 하는지 일러주려 하지 말라는 소리다. 알고 싶지 않으니까."

높이 솟은 외양간 안에 모여든 가족의 일원들 사이에 당황해 웅성거리는 소리가 퍼져 나갔다.

삼분의 일 정도는 그대로 하늘 저편으로 날아서 사라져버리거나 늑대 걸음으로 강둑을 따라 북쪽과 남쪽과 동쪽과 서쪽으로 사라져버렸다. 뒤에 남은 사촌, 숙부, 조부, 그리고 기묘한 손님들은 적어도 60명 정도였다. 그 이유는—.

"내가 왜 이런 말을 하는 것일까?" 노스트룸 P. C.가 말을 이었다.

그래, 왜일까? 60명가량의 기괴한 얼굴들이 앞으로 몸을 숙였다.

"유럽에서 벌어지는 전쟁이 하늘을 만신창이로 만들고, 구름을 갈기갈기 찢고, 바람에 독을 풀었기 때문이다. 서쪽에서 동쪽으로 움직이는 대양의 기류조차 유황의 냄새를 풍기는구나. 최근 벌어진 전쟁 때문에 중국의 나무에서도 새들이 떠났다고

한다. 나무가 텅 비었으니 동방의 현자들도 이제 끝난 셈이다. 이제 같은 일이 유럽을 위협하고 있다. 우리의 그림자 사촌들이 얼마 전 해협을 건너 살아남을 가능성이 있는 잉글랜드에 도착했다. 하지만 그것도 가능성일 뿐이지. 잉글랜드의 마지막 남은 성이 무너져 내리고 사람들이 소위 말하는 미신에서 깨어나게 되면, 우리 사촌들은 그곳에서도 건강을 해치다 머지않아 흙더미로 녹아내릴 것이다."

모두 숨을 삼켰다. 가족들 사이를 부드러운 비명 소리가 흔들고 지나갔다.

"너희 대부분은 머물러도 좋다. 환영해주마." 고대의 남자는 말을 이었다. "술통도 다락방도 움막도 복숭아나무도 잔뜩 있으니 알아서 자리를 잡아라. 그러나 별로 좋은 상황은 아닐 게다. 내가 방금 말한 그런 모든 것들 때문에 말이다."

"내가 뭘 해야 하는지 일러주려 하지 마라." 티모시가 읊조렸다.

"알고 싶지 않으니까." 60명의 가족 구성원들이 중얼거렸다.

"하지만 이제 시대가 바뀌었고, 우리는 알아야 한다." 노스트룸 P. C.가 말했다. "너희는 알아야 한다. 수 세기 동안 우리는 우리를 일컫는 그 어떤 이름도, 어떤 칭호도 없이 살아왔다. 이제 시작할 때가 왔다."

그러나 다른 사람들이 입을 열기도 전에, 저택의 정문에서 어마어마한 정적이 전해져왔다. 우레처럼 울리는 문 두드리는 소리가 지나간 뒤에야 찾아올 법한 그런 정적이었다. 바람을 가득 머금어 부풀어 오른 볼에서 숨결이 새어 나와 문을 뒤덮고, 주변의 모든 것들을 반쯤만 드러나 보이는, 존재하지만 동시에 존재하지 않는 것으로 만들어버리는 것과 같은 정적이었다.

창백한 승객이 모든 해답을 품은 채 도착한 것이다.

창백한 승객이 어떻게 목숨을 부지하며 세계를 반쯤 가로질러 일리노이 북부에 있는 시월의 땅에 도착할 수 있었는지에 대해 누구도 짐작은커녕 상상조차 할 수 없었다. 어쩌면 스코틀랜드와 잉글랜드의 버려진 수도원이나 텅 빈 교회나 이름 없는 무덤에 머물다가 마침내 유령선을 타고 코네티컷 주 미스틱 항구에 내려서, 숲을 따라 천천히 미 대륙을 건너 마침내 일리노이에 도착한 것일지도 모른다.

그가 도착한 것은 비가 거의 내리지 않는 어느 날 밤이었다. 작은 구름 무리가 하늘을 흘러가다 마침내 저택의 현관문에 와서 부딪쳤다. 떨리고 움찔거리며 버티던 자물쇠가 떨어져 나가며 마침내 문이 활짝 열렸고, 그 앞에는 이후 한참 동안 계속 찾아올 이민자 출신 가족의 첫 일원이 서 있었다. 창백한 승객이 미네르바 할리데이와 함께 서 있었던 것이다. 그렇게 완전히 죽어 있는 사람치고는 참으로 죽은 것처럼 보이는 모습이었다.

티모시의 아버지는 흐릿하게 떨리는 반투명한 차가운 공기

속을 힐끔 내다보면서, 그 안에서 질문을 하기도 전에 대답을
제공할 수 있는 지성을 감지했다. 그래서 마침내 그는 입을 열
었다.

"당신도 우리와 동족인가?"

"내가 당신들의 동족일까요, 아니면 당신들과 한 몸인 걸까
요?" 창백한 승객이 대답했다. "그리고 당신은, 우리는, 우리 모
두는 어떤 존재일까요? 이름을 붙일 수 있습니까? 형체가 존재
합니까? 그저 느낌으로 존재하는 것은 아닐까요? 가을날 빗줄
기가 우리의 형제일까요? 황량한 습지에서 안개를 타고 일어나
게 될까요? 황혼 녘의 안개와 비슷한 모습일까요? 어슬렁거리
거나 달리거나 뛰어오르는 존재일까요? 무너진 성벽에 깃들이
는 그림자일까요? 날개가 부러진 천사 모양 묘석에서 바람에
일어나는 돌가루일까요? 날아오르거나 활강하거나 시월의 점
액질 속에서 몸을 뒤트는 존재일까요? 한밤중에 잠에서 깨우는
발소리거나, 단단히 잠근 창문에 머리를 부딪치는 존재일까요?
발톱이나 손이나 이빨에 붙들린 박쥐의 날갯짓과 흡사한 고동
소리일까요? 수명으로 실을 자아내 주문을 거는, 저 아이의 목
을 조르고 있는 그 생물과 같은 존재일까요?" 그는 손짓을 해 보
였다.

아라크는 어두운 침묵 속에서 거미줄을 풀었다.

"저렇게 아늑함에 잠길 수 있는 존재일까요?" 손짓이 이어

졌다.

생쥐가 티모시의 조끼 속으로 모습을 감추었다.

"소리 없이 움직일 수 있을까요? 저렇게?"

아누바가 착한 티모시의 발에 몸을 부볐다.

"볼 수 없지만 존재하는 거울 속 환영 같은 존재일까요? 벽에
숨어 시간을 알리는 장례식 딱정벌레와 같은 존재일까요? 굴뚝
을 따라 올라가는, 끔찍한 빨아들이는 소리가 우리의 숨결일까
요? 구름이 달을 가릴 때 그 구름이 우리일까요? 빗방울이 가고
일 석상의 입에 목소리를 부여할 때 그 언어 없는 소리가 우리
일까요? 낮에는 잠들고 밤이면 떼 지어 하늘을 수놓는 그런 존
재일까요? 가을의 나무가 셀 수 없이 많은 낙엽을 날릴 때 우리
가 그런 미다스의 금가루가 되어, 바삭거리는 목소리로 허공을
가득 채우는 걸까요? 아, 대체 우리는 어떤 존재입니까? 그리
고 당신은, 나는, 그리고 주변에 가득한 죽었지만 죽지 않은 이
들의 한숨 소리는 대체 무엇인 겁니까? 장례식의 종소리가 누
구를 위한 것인지는 물어볼 필요가 없습니다. 그대와 나와 다른
모든 이름 없는 이들, 말리를 얽매고 있던 죽음의 사슬을 이끌
고 돌아다니는 이들을 위한 것이니까요. 내 말이 진실이라고 생
각하십니까?"

"아, 물론이오!" 아버지가 소리쳤다. "들어오시구려."

"좋았어!" 노스트룸 파라켈시우스 크룩이 외쳤다.

"들어오세요." 티모시가 말했다.

"들어와요." 아누바와 생쥐와 여덟 개의 다리를 가진 아라크가 소리 없이 따라했다.

"들어와요." 티모시가 속삭였다.

창백한 승객은 사촌들의 품 안으로 뛰어들어 자비롭게 천 일 밤의 숙식을 제공해달라고 간청했고, 그를 허락하는 '좋아요'의 합창 소리가 하늘로 되돌아가는 빗소리처럼 높이 울려 퍼졌다. 문이 닫히고, 창백한 승객과 그의 훌륭한 간호사는 새 집을 찾았다.

14장
시월의 종족

창백한 승객의 차가운 숨결 때문에, 가을 저택의 주민들은 입 맛이 도는 냉기를 경험하고 낡아빠진 다락방 같은 두개골 속에 깃든 고대의 은유를 떨어낸 다음 시월의 종족이 모이는 더 큰 회합을 열기로 결정했다.

귀향 파티가 끝나고 나니 몇 가지 잔혹한 진실이 모습을 드 러냈다. 가을바람에 낙엽이 모두 떨어진 채 텅 비어 있던 나무 에, 순식간에 문제들이 가득 날아와 거꾸로 가지에 들러붙어 날 개를 퍼덕이고 바늘처럼 날카로운 이빨을 드러내 보이기 시작 했다.

이런 비유는 조금 극단적일지도 모르지만, 가을 평의회에 모 인 사람들은 진지했다. 창백한 사촌이 말한 대로, 가족이 결단을 내리고 자신들이 누구인지, 무엇인지를 정할 때가 온 것이다. 어둠의 여행자들을 목록으로 정리해야 하는 것이다.

거울에 비치지 않는 수많은 형상들 중에서, 누가 가장 나이가 많을까?

"나다." 다락방에서 속삭이는 소리가 들려왔다. "나다." 천 번 고조할머니의 이 없는 잇몸 사이로 바람 소리가 새어 나왔다. "나밖에 없지."

"말씀대로입니다." 키 큰 토머스도 동의했다.

"동의합니다." 긴 평의회 탁자의 으슥한 한쪽 끝에 앉은, 생쥐만 한 난쟁이도 동의했다. 이집트의 반점이 가득 박힌 손은 마호가니 탁자의 표면을 누르고 있었다.

탁자가 쿵 하고 울렸다. 탁자의 뚜껑 아래 있는 무언가가 웃으며 부딪친 것이다. 하지만 누구도 굳이 안을 들여다보지 않았다.

"우리 중 탁자를 두드리는 이가 얼마나 되지? 걷는 이들, 발을 끄는 이들, 뛰는 이들은 얼마나 되나? 햇빛을 받을 수 있는 자는 얼마나 되고, 달의 그림자에 몸을 숨기는 자는 얼마나 되지?"

"너무 빨라요." 뻔히 보이는 것이든 아니든 사실을 기록하는 임무를 맡은 티모시가 이렇게 말했다.

"이중에서 죽음과 연관이 있는 일족이 몇이나 되지?"

"우리는." 다락방에서 다른 목소리가, 목재의 갈라진 틈으로 들어오고 고성을 울리며 지붕을 스치고 날아가는 바람 소리가 들려왔다. "우리는 시월의 종족, 가을의 주민이에요. 아몬드의 껍질, 암야초의 꼬투리 속에 숨어 있는 진실이 바로 그거죠."

"너무 모호한 호칭 같은데." 이름과는 달리 키가 큰 토머스 더 쇼트가 대답했다.

"손님들이 둘러앉은 탁자를 한번 둘러보게. 공간뿐 아니라 시간 속에서도 걷고 달리고 재는 걸음으로 성큼성큼 움직여 온, 잔디밭뿐 아니라 허공을 걸어 다니던 이들이 이곳에 있다네. 지금 이 자리에는 스물한 명의 존재가 참석해 있는데, 수만 마일 떨어진 곳의 나무에서 날아와 이곳 황량한 언덕에 내려앉은 다양한 종족을 주술적인 견지에서 대표하고 있다고 봐도 되지 않겠나."

"대체 왜 이렇게 법석을 떨면서 시간낭비를 하는 건가?" 탁자의 가운데쯤 되는 곳에 앉아 있는 두 번째로 나이 많은 신사가 입을 열었다. 파라오의 무덤을 위해 양파를 기르고 빵을 구웠던 남자였다. "우리가 제각기 무슨 일을 하는지는 모두 알고 있지 않나. 나는 호밀빵을 굽고 나일강 계곡 왕들의 품에 안겨줄 골파 다발을 만드는 사람일세. 효모와 푸른 골풀의, 영원한 삶의 숨결을 내뿜는 열세 명의 파라오들이 금으로 된 옥좌에 앉아 있는 죽음의 연회장에서 식사 준비를 하던 사람이지. 나, 또는 다른 사람들에 대해서 그 이상 알아야 할 것이 있겠나?"

"당신의 자료는 그거면 충분합니다." 키 큰 자가 대꾸했다. "하지만 다른 이들로부터도 달 없는 밤의 명확한 이력서를 받아 내야 합니다. 그 지식이 있으면 이 정신 나간 전쟁이 절정에 도달했을 때 함께 맞서 싸울 수 있을 테니까!"

"전쟁요?" 티모시가 고개를 들었다. "무슨 전쟁인가요?" 다음 순간 소년은 손바닥으로 입을 막으며 얼굴을 붉혔다. "죄송해요."

"사과할 필요 없다, 얘야." 모든 어둠의 아버지가 말했다. "잘 들어보아라. 내가 끝없이 높아져만 가는 불신의 물결의 역사를 설명해줄 테니. 유대-그리스도교 세계는 완전히 파괴되었단다. 모세의 타오르는 덤불에는 이제 불이 붙지 않지. 그리스도는 의심하는 도마가 자신을 알아보지 못할까 봐 무덤에서 나올 엄두를 내지 못한단다. 알라의 그림자는 정오가 되면 녹아버리지. 따라서 기독교도와 이슬람교도 들은 모든 전쟁을 끝내려 하지만 결국에는 더 큰 전쟁을 불러오는, 수많은 전쟁에 찢겨나간 세계에 살고 있단다. 모세는 애초에 산을 오른 적이 없기 때문에 내려올 수가 없지. 태어난 적이 없는 그리스도가 어떻게 죽을 수 있겠니. 이 모든 일이 우리에게는 매우 중요한 것이란다. 우리는 앞면 또는 뒷면을 보이며 떨어진 동전의, 감춰진 반대쪽 면과 같은 존재니까. 불경한 자와 신성한 자 중에서 어느 쪽이 이길까? 하지만 잘 생각해보면, 누구도 승자가 될 수 없는 상황이지 않겠니? 예수는 홀로 남았고 나사렛은 폐허가 되었을 뿐 아니라, 대부분의 사람들은 이미 아무것도 믿지 않는 상태란다. 영광스러운 이도, 끔찍한 이도 설 자리가 없어. 우리, 십자가에 못박히지 못한 목수와 함께 무덤에 들어간, 동방의 검은 상자 회반죽이 떨어지며 무너져 내리면 불타는 덤불과 함께 날아가버릴 우리도 위험에 처한 거란다. 세상은 전화戰火에 휩싸여 있단다. 물론 우리를 적으로 지정한 것은 아니지. 그러면 우리에게 형태와 실체가 생길 테니까. 적을 모욕하고 공격하기 위해서는 적의 얼굴이나 가면을 직접 눈으로 보아야만 해. 하지만 우리를 상대하는 전쟁에서는 자기들끼리 우리가 형태도 실체도 없다고 확인하기만 하면 되는 거란다. 가공의 전쟁인 셈이야. 그리고 우리가 저 불신자들이 믿는 대로 믿게 된다면, 우리의 남은 뼈가 바람을 타고 세상에 흩날리게 되겠지."

아, 하고 탁자에 둘러앉은 수많은 그림자들이 탄식을 뱉었다. 으아아, 안 돼. 중얼거리는 소리가 들려왔다.

"하지만 벌어지고 있는 일일세." 먼 옛날의 장막을 두른 아버지가 말했다. "한때 이 전쟁은 단순히 기독교도와 이슬람교도와 우리 사이에 벌어지는 일이었을 뿐이었어. 그들이 설교 속의 신성한 삶을 믿고 우리를 불신하는 동안, 우리에게는 미신이라는 육신이 남아 있었다네. 생존을 위해 투쟁할 무언가를 가지고 있

었지. 하지만 지금 이 세상에서 우리를 대적하는 전사들은 공격
하는 대신 그저 외면하거나 우리를 통과해 걸음을 옮길 뿐이지
않나. 실존 여부를 토론할 가치조차 없는 것으로 여기는 이들을
상대로는 어떤 수도 쓸 수가 없다네. 다시 한 번 무시의 파도가,
갑작스런 망각의 폭우가 쏟아져 내리면, 종말이 찾아와 별 생각
없는 입김 한 번만으로도 우리의 촛불은 모두 꺼져버릴 거라
네. 먼지의 폭풍이 온 세계를 휩쓸고 나면 우리 가족은 더는 존
재하지 않게 되겠지. 단 하나의 문장으로도 무너져버릴 거라네.
귀를 기울여 들어보면 이런 말을 하고 있겠지. 너희는 존재하지
않아. 존재한 적도 없어. 처음부터 없던 존재야."

"아, 안 돼. 으아. 아냐, 안 돼." 수런거리는 소리가 들려왔다.

"너무 빨라요." 티모시는 정신없이 펜을 놀리며 말했다.

"공격 계획은 세워놓았나요?"

"뭐라고 하셨죠?"

거울에 비치는 티모시를, 빛 속에서 살아가는 티모시를, 저택
문 앞에서 찾아낸 티모시를 입양한, 거울에 비치지 않는 어둠
속의 어머니가 말했다. "당신은 방금 최후의 전쟁이 어떤 끔찍
한 모습일지를 생생하게 묘사했잖아요. 말로 우리를 파괴한 것
이나 다름없다고요. 이제 우리를 되살려서 절반은 시월의 백성
이고, 절반은 나사로의 친족인 존재로 만들어보세요. 누구와 싸
우는지는 알고 있잖아요. 승리하려면 어떻게 해야 하는 거죠?

가능하다면 반격 계획을 말씀해주세요."

"좀 낫네요." 티모시는 혀를 빼문 채로 어머니의 느린 발음에 맞춰 천천히 글을 써 내려갔다.

창백한 승객이 끼어들며 말했다. "중요한 건 사람들이 일정 정도까지만 우리를 믿게 만들어야 한다는 겁니다! 우리를 너무 많이 믿게 되면 망치를 주조하고 나무못을 깎고, 십자가를 쏟아내고 거울을 만들기 시작할 겁니다. 우리는 행동해도, 행동하지 않아도 끝장인 거지요. 전장에 모습을 드러내지 않은 채로 어떻게 싸울 수 있을까요? 명확하게 초점이 맺히지 않은 채로 시야에 잡히려면 어떻게 해야 할까요? 우리가 죽지 않았지만 얌전히 땅에 묻힌 채 지내고 있다고 믿게 하려면 어떻게 해야 할까요?"

어둠의 아버지는 고뇌에 잠겼다.

"흩어지죠." 누군가 말했다.

탁자에 앉아 있는 이들이 방금 제안한 입을 일제히 바라보았다. 티모시의 입을. 그는 자신이 무의식적으로 입을 놀렸다는 사실을 깨닫고 고개를 들었다.

"다시 한 번 말해보겠니?" 아버지가 말했다.

"흩어지는 거예요." 티모시는 눈을 감은 채 대답했다.

"계속해봐라, 애야."

"그러니까요, 우리 상황을 좀 보세요. 모두 방 하나에 모여 있잖아요. 모두 저택 하나에 모여 있잖아요. 모두 마을 하나에 모여 있잖아요!" 티모시가 말했다.

소년의 입이 굳게 다물렸다.

"그렇지." 어둠의 장막을 두른 부모들이 말했다.

티모시가 생쥐처럼 찍찍대자 옷깃 속에서 생쥐가 기어 나왔다. 목에 걸린 거미가 몸을 떨었다. 아누바가 목구멍을 울렸다.

"그러니까요, 이 저택은 하늘에서 떨어지는 낙엽을, 숲속을 어슬렁거리는 짐승을, 하늘을 나는 박쥐들을, 비를 뿌리기 위해 몰려오는 구름을 모두 담기에는 너무 좁아요. 이제 탑도 몇 개 없고, 그중 하나는 지금 창백한 승객분과 간호사 할머니가 차지하고 있죠. 포도주 저장고에도 오래된 포도주를 저장할 통이 별로 남아 있지 않고, 옷장에도 끈적거리는 영혼 거미줄을 걸어둘 공간이 부족하고, 새로운 생쥐를 받아들일 벽 뒤의 공간도, 거미줄을 칠 수 있는 구석 모퉁이도 수가 한정되어 있어요. 그런 상황이니 영혼들을 다른 곳에 나누어줄 방법을, 사람들을 저택에서 빼내서 나라 안의 다른 안전한 장소로 이사시킬 방법을 찾아내야만 해요."

"어떻게 하면 되겠니?"

"그러니까." 입을 열면서도, 티모시는 모두 자신을 바라보고 있다는 사실을 느낄 수 있었다. 어린아이 주제에 아주 나이가 많은 사람들에게 어떤 식으로 살아야 할지 충고하고 있었다. 아니, 어떤 식으로 죽어 있어야 할지가 더 옳은 표현일지도 모르겠다.

"인원을 분배해줄 사람이 필요해요. 나라 안을 돌아다니며 영혼을 찾고, 텅 빈 육신과 텅 빈 생명을 찾아내고, 가득 차 있지 않은 커다란 용기나 반쯤 비어 있는 작은 유리잔을 발견하면, 그런 육체에 들어가 영혼을 비워내서 이사를 가고 싶은 사람들을 위해 공간을 마련하는 거예요."

"그래서 그런 일을 누가 할 수 있겠니?" 이미 답을 알면서도, 누군가 이렇게 물었다.

"우리를 도와서 영혼을 분배할 수 있는 사람은 지금 다락방에 있어요. 잠든 채 머나먼 장소를 꿈꾸고, 꿈꾸면서 잠들어 있는 사람이에요. 우리가 가서 탐색을 도와달라고 하면 분명 들어줄 거라고 생각해요. 그 전에 우선 그녀에 대해 생각해보면서 그녀가 살아가는 방식에, 여행하는 방식에 익숙해지는 게 좋을 거라고 봐요."

"그래서 대체, 그 사람이 누구야?" 누군가 물었다.

"이름요? 당연히 세시죠." 티모시가 말했다.

"맞아요." 아름답고 사랑스러운 목소리가 회의장 안의 공기를 어지럽혔다.

다락방에서 목소리가 울려왔다.

세시가 말했다. "나는 바람에 씨를 뿌려서 언젠가 먼 훗날 꽃이 피게 만드는 이가 될 거예요. 한 번에 영혼 하나씩, 내 손으로 거둬들인 영혼을 먼 땅으로 데려가 그곳에 심어줄게요. 여기서 조금 떨어진 곳, 마을을 지나 한참 가야 하는 곳에, 먼지 폭풍 속에서 버려진 농장 건물이 하나 있어요. 우리 기괴한 친척들 중에서 지원자를 받기로 해요. 자원해서 그 멀리 떨어진 곳으로, 텅 빈 농장 건물로 날아가서 자리를 잡고 아이를 키우고 도시의 위협에서 멀리 떨어진 곳에 살고 싶은 사람은 없나요? 누가 좋을까요?"

탁자 반대편에서 힘찬 날갯짓 소리에 둘러싸인 목소리가 말했다. "내가 가면 안 될 이유가 있나?" 에이나르 아저씨가 말했다. "나는 날 수 있으니 네가 도와주면 어느 정도는 스스로 갈 수 있지. 내 영혼을 붙들고 정신을 거머쥔 상태로, 여행하도록 도와다오."

"좋아요, 에이나르 아저씨." 세시가 말했다. "아저씨처럼 날개 달린 사람이 가장 적합하죠. 준비됐나요?"

"그래." 에이나르 아저씨가 말했다.

"그럼 좋아요. 얼른 출발해요."

15장

에이나르 아저씨

"1분이면 되잖아요." 에이나르 아저씨의 사랑스런 아내가 말했다.

"거부하겠어." 그가 말했다. "그리고 기껏해야 1초밖에 안 걸릴 거야."

"나는 오전 내내 일했는데요." 아내는 늘씬한 등을 쭉 펴고 말했다. "그런데 당신은 조금도 돕지 않겠다는 거예요? 비 오기 직전인데."

"오라고 해." 그는 뚱하게 소리쳤다. "당신 옷을 말리기 위해서 벼락을 맞으러 가지는 않을 테니까."

"하지만 당신 정말로 빠르잖아요."

"그래도 거부하겠어." 커다란 방수포 같은 날개가 구부정한 등 뒤에서 초조하게 떨리며 흔들렸다.

아내는 그에게 가벼운 밧줄을 건넸다. 그 뒤로는 선 벌가량의 방금 세탁한 빨래가 걸려 있었다. 그는 마뜩찮은 표정으로 빨랫줄을 손가락으로 꼬아보았다. "그래서 이 지경까지 전락했단 말이지." 그는 우울하게 중얼거렸다. "이런 식으로, 이렇게, 이런 꼴로."

며칠, 몇 주 동안 세시가 바람을 타고 주변을 둘러보며 이상한 기색을 품은 농장을 찾아 헤맨 결과, 그녀는 마침내 사람들이 떠나 텅 빈 건물이 딸린 농장을 발견했다. 세시는 그를 이곳으로 보내 잠시 머물면서 신붓감을 찾고 불신으로 가득한 세상에서 몸을 숨기도록 했다. 덕분에 그는 이곳에 꼼짝 못하고 묶여버렸다.

"울지 말아요. 빨래가 다시 젖을 거 아녜요." 그녀가 말했다. "얼른 뛰어올라서 이걸 가지고 한 바퀴 돌고 와요."

"한 바퀴 돌라 이거지." 낮고 공허하고 끔찍하게 상처 입은 목소리가 울렸다. "이건 어때. 번개야 내리쳐라, 비야 쏟아져라!"

"화창하고 맑은 날이었다면 부탁하지도 않았을 거예요." 그녀는 차분하게 대꾸했다. "도와주지 않으면 오전 내내 한 빨래가 전부 수포로 돌아가는 거예요. 집 안 곳곳에 널어놓아야 할 테고—."

그게 결정타였다. 집 안에 옷들이 잔뜩 널려서 방 안을 가로지를 때마다 그 아래로 기어 다니는 일이야말로 그가 가장 싫어하는 것이었다. 그의 커다란 녹색 날개가 공기를 때리기 시작했다.

"목초지 경계까지만 갔다 올 거야." 그가 말했다.

"그거면 충분해요!" 그녀가 소리쳤다.

소용돌이를 일으키며…… 날개로 시원한 공기를 받아들여 그대로 가르며, 그는 하늘로 솟아올랐다. 농장에 바싹 붙어 저공비행을 하며, 빨랫줄에 걸린 빨래들을 길게 펄럭이면서, 날개에서 일어나는 바람과 충격파로 빨래를 말렸다.

"받아!"

1분 뒤 돌아온 그는 아래에 아내가 펼쳐놓은 깨끗한 담요 위로 갓 거둬들인 밀짚처럼 바삭하게 마른 빨래를 던졌다.

"정말 고마워요!" 그녀가 소리쳤다.

"그아아아아!" 그는 이렇게 소리치며, 홀로 고뇌를 곱씹기 위해 사과나무 아래로 날아가버렸다.

에이나르 아저씨의 비단처럼 아름다운 날개는 녹색 바다의 빛깔이 물든 돛처럼 등 뒤로 뻗었고, 그가 재채기를 하거나 재빨리 방향을 돌릴 때마다 어깨 위에서 바람이 속삭이는 소리를 울렸다.

날개가 싫은 걸까? 전혀 아니었다. 젊은 시절에는 밤마다 날아다녔다. 날개 달린 사람에게 밤은 소중한 시간이었으니까! 낮은 위험했다. 항상 그랬고, 앞으로도 그럴 것이다. 그러나 밤은, 아, 밤이 되면, 그는 머나먼 대지와 그보다 더 먼 바다 위를 항해할 수 있었다. 아무런 위험도 없이. 풍요롭고 온전한 비행, 완벽한 희열이었다.

그러나 이제 그는 밤에 날 수가 없었다.

이 빌어먹을 불행의 상징 같은 농장으로 날아올 때, 그는 짙은 선홍색의 포도주를 너무 마신 상태였다. "괜찮을 거야." 그는 흐릿한 눈으로 이렇게 중얼거리고는 새벽의 별빛을 받으며 달빛에 젖은 시골 언덕 위를 날아가고 있었다. 그런데 다음 순간, 하늘에서 파직 소리가 나며―

신의 벼락이, 또는 우주의 법칙을 따르는 푸른 벼락이 내리쳤다! 밤의 어둠 속에서 송전탑이 마지막 순간이 찾아올 때까지 모습을 감추고 있었던 것이다.

그물에 걸린 오리처럼! 지글지글 구워지는 소리와 함께! 성 엘모의 불꽃지표 또는 구조물의 돌출부 근처에 뇌운에 의해 강한 전기장이 걸릴 때 발생하는 방전 현상. 푸른색 또는 녹색의 불꽃이 일어난다. 중세 이래 범선의 돛대에서 자주 관찰되었기 때문에 항해의 수호성인 성 에라스무스의 이름이 붙었다에 얼굴이 꺼멓게 그을린 채로, 그는 격렬하게 뒤로 날갯짓을 해서 불꽃을 떨쳐낸 다음, 그대로 아래로 떨어졌다.

달빛이 드리운 초원이 눈앞으로 다가오며, 커다란 전화번호

154

부를 하늘에서 떨어트리는 소리가 이어졌다.

다음 날 새벽, 그는 이슬에 젖은 날개를 격렬하게 떨면서 공중으로 솟구쳤다. 아직 날은 어두웠다. 동쪽 하늘에 새벽의 띠가 희미하게 드리워지는 모습이 보였다. 곧 그 띠가 하늘로 번지면 하늘을 날기 힘들어질 것이다. 이제는 숲속에 몸을 잠시 숨기고, 다시 밤이 찾아와 하늘에서 퍼덕이는 날개의 움직임을 숨겨줄 때까지 가장 깊은 풀숲에서 기다리는 수밖에 없었다.

덕분에 미래의 아내가 그를 발견하게 되었다.

한낮에는 제법 따뜻한 날씨였기 때문에, 젊은 브루닐라 웩슬리는 잃어버린 암소의 젖을 짜러 밖으로 나왔던 모양이었다. 한쪽 손에 은빛 양동이를 든 채로 풀숲을 헤치며 그곳에 없는 암소에게 집으로 돌아오지 않으면 우유 때문에 젖이 터져버릴 거라고 애원하고 있었으니까. 물론 정말로 젖꼭지를 잡아당길 필요가 생기면 그 암소가 당장 집으로 돌아오리라는 사실은 브루닐라 웩슬리에게는 별로 중요하지 않았다. 숲속을 산책하며 엉겅퀴 씨앗을 불고 민들레꽃을 질겅이며 시간을 보내기에는 훌륭한 핑계였기 때문이다. 에이나르 아저씨와 마주쳤을 때, 브루닐라는 이 모든 핑계를 행동으로 실천하고 있었다.

풀숲 근처에 잠들어 있는 그의 모습은 마치 녹색 천막 아래 누워 있는 것처럼 보였다.

"어라, 남자네. 텐트를 치고 야영하는 걸까." 흥에 겨워 있던 브루닐라는 이렇게 말했다.

에이나르 아저씨는 잠에서 깨어났다. 그의 뒤편으로 천막이 커다란 녹색 부채처럼 펼쳐졌다.

"어라, 날개를 가진 남자잖아." 소 찾는 여인 브루닐라는 이렇게 말했다. "그래, 그래, 마침내 왔네. 세시가 당신을 보낸 모양이로군요! 당신이 에이나르라는 사람이지요?"

날개 달린 사람을 만나다니, 꽤나 재미있는 일이라 나름 자부심이 생길 지경이었다. 그녀는 말을 걸어보았다. 한 시간도 지나지 않아 그들은 오랜 친구 사이처럼 되었고, 두 시간이 지나자 그녀는 그에게 날개가 있다는 사실조차 거의 잊어버리고 말았다.

"그래요, 여기저기 부딪치고 다닌 것 같은 꼴이네요." 그녀가 말했다. "오른쪽 날개는 상태가 꽤나 안 좋아 보여요. 내 치료를 받는 게 좋겠어요. 어차피 그런 상태로 날아다니기는 힘들 테니까요. 내가 아이들을 데리고 혼자 산다고 세시가 얘기해줬나요? 나는 점성술사 비슷한 사람이에요. 조금 기묘하고 괴상하고 거의 영능력에 가까운 쪽이기는 하지만요. 게다가 당신도 보다시피 꽤나 못생겼고요."

그는 전혀 그렇지 않다고 주장했고, 영능력자라도 개의치 않는다고 말했다. 그리고 그는 되물었다. 자신이 두렵지 않느

냐고.

"질투심이 생긴다는 쪽이 더 가깝겠죠." 그녀가 말했다. "만져 봐도 될까요?" 그렇게 말하고는, 그녀는 조심스레, 부러움을 담은 손길로, 녹색의 막으로 이루어진 날개를 쓰다듬어 보았다. 그는 그녀의 손길에 몸을 떨면서 소리가 새어 나오지 않도록 이빨 사이에 혀를 끼웠다.

결국 굳이 거절할 이유가 없었기 때문에, 그는 그녀의 집으로 가서 치료를 하고 연고를 발랐다. 그런데 세상에! 얼굴에, 그의 눈 바로 아래쪽에 끔찍한 화상 자국이 남아 있지 않은가!

"눈이 멀지 않아서 다행이네요. 어쩌다 이렇게 된 거예요?" 그녀가 말했다.

"하늘에 도전했기 때문이오!" 그는 이렇게 말했다. 곧 그들은 그녀의 농장에 도착했다. 벌써 1마일이나 걸었다는 점은 조금도 눈치채지 못하고 있었다. 서로를 바라보고 있었기 때문에.

그렇게 해서 하루가, 그리고 또 하루가 흘러갔다. 마침내 떠날 때가 찾아왔고, 그는 문간에 서서 그녀에게 감사를 표하고 이제 가야만 한다고 말했다. 세시는 그가 날개의 피막을 접고 정착할 곳을 결정하기 전에, 머나먼 지방에 사는 다른 마누라 후보들을 만나보기를 원하고 있었기 때문이다.

어스름이 내리기 시작하는 황혼 녘이었고, 다음 농장까지는 갈 길이 멀었다.

"고마웠소. 잘 있어요." 그는 이렇게 말하고는 어스름 속을 날아올라서…… 그대로 단풍나무와 정면으로 충돌했다.

"아!" 그녀는 비명을 지르며 정신을 잃은 그에게 달려갔다.

그걸로 끝이었다. 한 시간 후 정신이 든 그는, 자신이 이제 어둠 속에서 날 수 없다는 사실을 깨달았다. 어둠 속에서 하늘길을 찾는 섬세한 감각이 사라져버린 것이다. 비행경로에 들어온 탑, 나무, 전선의 위치를 알려주던 하늘의 초감각이, 벼랑과 전신주와 소나무의 미궁 속에서 길을 안내해주던 섬세한 시각과 정신 능력이, 모두 모습을 감추었다. 멀리서 들려오는 세시의 목소리는 아무런 도움도 되지 못했다. 얼굴을 가로로 후려친 벼락이, 푸른 전기 불꽃이, 그의 모든 감각을 아마도 영원히 앗아가버린 것이다.

"나중에 돌아가고 싶어지게 되면, 유럽까지 어떻게 날아가지?" 그는 비참한 신음 소리를 흘렸다.

"아." 브루닐라 웩슬리는 바다를 내려다보며 말했다. "요즘도 유럽에 가려는 사람이 있나요?"

그래서 그들은 결혼했다. 결혼식 자체는 간단했다. 조금 거꾸로 되어 있고 음울하고 브루닐라의 눈에는 살짝 독특해 보였지만, 결국 모두 잘 끝났다. 에이나르 아저씨는 새 신부와 나란히 서서 낮 동안에는, 자신이 안전하게 날 수 있는 유일한 시간 동안에는 유럽까지 날아갈 수 없을 거라는 생각에 잠겨 있었다. 눈에 띄거나 총을 맞을 테니까. 그러나 이제 별 상관없는 일이었다. 브루닐라가 곁에 있어주는 지금, 유럽을 향한 열망은 갈수록 희미하게 사라져가는 것만 같았다.

수직 상승하거나 수직 하강할 때는 별로 잘 볼 필요도 없었다. 따라서 첫날밤에 그는 당연하게도 브루닐라를 끌어안고 그대로 하늘로, 구름 위로 솟구쳐 올라갔다.

5마일 떨어진 곳에 사는 농부가 한밤중에 낮게 깔린 구름 속에서 희미하게 번쩍이는 빛을 보고 우릉거리는 소리를 들었다.

"여름 번개구먼." 그는 이렇게 말했다.

그들은 아침이 되어서야 이슬과 함께 땅으로 내려왔다.

결혼 생활이 이어졌다. 그녀로서는 그저 남편을 보기만 해도, 자신이 날개 달린 남자와 결혼한 유일한 사람이라는 생각이 떠올라 기분이 좋아졌다. "이렇게 말할 수 있는 사람이 또 누가 있겠어?" 그녀는 거울을 보며 말했다. 답은 "아무도 없지!"였다.

반면 남편 쪽은, 아내의 얼굴 아래 숨겨진 놀라운 아름다움을, 친절함과 포용력을 발견했다. 그는 그녀의 생각에 맞추어 식생활을 조금 바꾸었고, 집 안에서 도자기를 떨어트리고 전등을 깨지 않도록 날개를 조심스레 간수하려 애썼다. 수면 습관도 바꾸었다. 어차피 이제는 밤에 날 수가 없기도 했으니까. 반면 그녀는 날개가 있어도 편하게 사용할 수 있도록 의자를 고치고, 그가 좋아하는 이야기를 해주곤 했다. "우리는 모두 고치 속에 있는 거예요." 그녀는 말했다. "지금 나는 평범해 보이죠. 하지만 언젠가 고치를 깨고 나갈 거예요. 당신처럼 훌륭하고 멋진 날개를 펼치게 될 거예요!"

"당신은 오래전에 고치를 깨고 나왔어." 그가 말했다.

그녀는 그 대답을 듣고는 생각에 잠겼다. "그래요." 그녀도 인정했다. "깨고 나온 날이 언제인지도 정확하게 알 것 같은 걸요. 소를 찾으러 숲속으로 들어갔다가 천막을 발견한 날이죠!" 그들은 함께 웃음을 터뜨렸고, 바로 그 순간 그녀의 평범한 외모 안에 숨어 있던 아름다움이 칼집에서 빠져나온 칼날처럼 빛났다.

아버지 없는 아이들, 남자애 셋과 여자애 하나는, 워낙 활동적이라 마치 날개가 달린 것처럼 돌아다녔다. 무더운 여름날이면 버섯처럼 사방에서 튀어나와서는, 에이나르 아저씨에게 매달려 사과나무 아래 앉아 시원한 날개로 바람을 부쳐달라고 청하고, 젊은 시절 하늘을 누비던 별빛 가득한 이야기를 들려달라고 조르곤 했다. 그래서 그는 바람과 구름의 촉감을, 별이 입 안에서 녹아내리는 느낌을, 높은 산꼭대기 공기의 맛을, 그리고 에베레스트산 꼭대기에서 돌멩이처럼 떨어져 내려서는, 만년설에 부딪치기 직전에 초록색 꽃봉오리가 피어나는 것처럼 날개를 활짝 펼치는 기분이 어떤지를 알려주었다!

그의 결혼 생활은 이런 것이었다.

그리고 오늘 에이나르 아저씨는 사과나무 아래에서, 초조하고 부루퉁한 채로 앉아 있었다. 그러고 싶은 것은 아니었지만, 이토록 오래 기다렸는데도 여전히 밤하늘을 날게 해주는 초감각이 돌아오지 않았기 때문이었다. 그는 이렇게 비참하게 앉아 있었다. 한때는 그의 반투명한 그림자 아래에서 안식을 찾던 휴양객들이 버리고 가버린, 제철이 지나 버려진 녹색 파라솔처럼. 이렇게 계속 이곳에 앉아, 나는 것을 겁내며 살아가게 되는 걸까? 아내를 위해 빨래를 말려주거나, 무더운 8월의 한낮에 아이들에게 바람을 부쳐주기만 하면서? 세상에! 분명 방법이 있을 텐데!

한때 그의 직업은 가족들의 소식을 나르는 것이었다. 폭풍보다 날쌔고, 전보보다 빠르게. 부메랑처럼 언덕과 계곡을 가로지르고 날아가, 민들레 홀씨처럼 사뿐히 내려앉곤 했었다.

하지만 이제는? 그저 쓸쓸할 뿐이었다. 그의 날개가 등 뒤에서 파르르 떨렸다.

"아빠, 부채질해줘요." 어린 딸아이가 말했다.

아이들이 자신의 풀죽은 얼굴을 바라보며 서 있었다.

"싫다." 그가 말했다.

"바람 좀 만들어봐요, 아빠." 새로 얻은 양아들이 말했다.

"날이 서늘하니까, 금방 비가 올 거야." 에이나르 아저씨가 말했다.

"바람이 불고 있어요, 아빠. 바람이 구름을 날려버릴 거예요." 아주 작은 둘째아들이 말했다.

"우리 보러 올 거예요?"

"저리 가렴, 저리 가! 아빠 생각 좀 하자!"

그는 다시 옛날의 하늘을, 밤하늘을, 구름 낀 하늘을, 그 모든 하늘을 떠올렸다. 사일로에 부딪쳐 날개가 부러지는 모습이 눈에 띄거나, 전기 철조망에 걸려 통구이가 되지 않을까 두려워하며 풀밭에 앉아 날개를 펄럭이는 일밖에 남지 않은 것일까? 정말 끔찍하지 않은가!

"아빠, 우리 보러 와요, 3월이잖아요!" 딸아이가 말했다.

"우리 모두 도시에서 온 애들이랑 같이 언덕에 올라갈 거예요." 아들 하나가 말했다.

에이나르 아저씨가 투덜거리며 대꾸했다. "어느 언덕 말이냐?"

"당연히 연날리기 언덕이죠!" 아이들이 다함께 소리쳤다.

그제야 그는 아이들을 바라보았다.

모두 두근대는 가슴에 커다란 종이 연을 하나씩 안고 있었다. 얼굴은 기대와 즐거움으로 번득였다. 작은 손가락이 하얀 실뭉치를 쥐고 있었다. 붉은색과 푸른색과 노란색과 녹색으로 칠한 연에서, 솜과 비단 조각으로 만든 꼬리가 길게 늘어졌다.

"우리 연을 날릴 거예요! 아빠도 와서 봐요!"

"못 가겠구나." 그는 말했다. "사람들 눈에 띌 테니까."

"숲속에 숨어서 봐도 되잖아요. 아빠가 봐줬으면 좋겠어요."

"그 연은 어디서 났니?" 그가 물었다.

"우리가 직접 만들었어요. 어떻게 만드는지 알겠더라고요."

"만드는 법을 어떻게 알았어?"

"우리 아빠는 날개가 있으니까요!" 아이들이 즉시 소리쳤다. "그래서 아는 거예요!"

그는 세 명의 아이들을 차례로 바라보았다. "연날리기 축제란 말이지?"

"네!"

"내가 이길 거예요." 딸이 말했다.

"아냐, 내가 이길 거야!" 아들이 반박했다. "나야, 나라고!"

"세상에!" 에이나르 아저씨는 이렇게 소리치며, 귀가 먹을 정도로 큰 날갯짓 소리와 함께 높이 뛰어올랐다. "내 새끼들! 얘들아, 정말 사랑한다! 사랑해!"

"아빠? 왜 그래요? 뭐가 문제예요?" 아이들은 뒤로 물러섰다.

"아무 문제 없단다!" 에이나르가 소리쳤다. 그는 날개를 힘차게 펼치고는 최대한 세게 펄럭였다. 쿵! 심벌즈처럼 양쪽 날개가 거세게 부딪고, 아이들은 날개에서 일어나는 바람에 땅 위로 넘어져버렸다! "찾아냈어, 찾아냈다고! 다시 자유야! 자유가 된 거라고! 연통에서 피어오르는 연기처럼! 바람에 날리는 깃털처럼! 브루닐라!" 에이나르는 집 쪽을 향해 소리쳤다. 아내가 고개를 빼꼼 내밀었다. "들어봐! 이제 밤은 필요 없어! 낮에도 날 수 있다고! 밤은 필요 없어! 지금부터는 일 년 내내 매일, 어느 날이든 날 수 있다고! 아무도 모를 거야, 아무도 나를 쏘지 않을 거라고, 아, 세상에, 시간을 너무 낭비했군! 잘 보라고!"

충격에 사로잡힌 가족들이 지켜보는 동안, 그는 작은 연에 달린 면직물 꼬리 하나를 떼어 자기 허리띠에 매단 후, 실뭉치를 가져다 한쪽 끝을 입으로 물고는 다른 쪽 끝을 아이들에게 건네주었다. 그리고 그는 하늘 높이, 바람 속으로 높이 솟아올랐다!

그리고 그의 딸과 아들들은 벌판을 가로질러 농장을 넘어 달려갔다. 태양이 빛나는 하늘로 계속해서 실을 풀어 보내며, 발이 걸리면서도 신나게 소리치고 있었다. 브루닐라는 농장 안뜰에 서서 그 모습을 향해 손을 흔들며, 이제부터 가족이 모두 함께 즐겁게 달리고 날 수 있으리라는 사실을 깨닫고 웃음을 터트렸다.

그리고 그녀의 아이들은 멀찍이 떨어진 연날리기 언덕으로 행진해 가서, 셋이 함께 실뭉치를 단단히, 자부심 넘치는 손가락으로 움켜쥐고는, 각자 실을 끌고 방향을 바꾸고 당겼다.

마을에서 온 아이들은 모두 자신의 작은 연을 날리며 달려와서는, 하늘에서 이리저리 방향을 바꾸며 움직이는 커다란 녹색 연을 보고는 일제히 소리쳤다.

"우와, 야, 정말 엄청난 연이잖아! 대단한 연이야! 아, 나도 저런 연 가지고 싶다! 우와, 엄청 끝내주는 연이야! 너희들 어디서 저런 연을 구한 거야?"

"우리 아빠가 만들어주셨어!" 훌륭한 딸과 두 아들은 이렇게 소리치고는 의기양양하게 연줄을 힘껏 잡아당겼다. 하늘에서 굉음을 울리던 커다란 연은 한껏 떨어졌다 다시 솟아오르며, 구름 위에 크고 신비로운 느낌표를 새겼다!

16장
속삭이는 이들

목록은 길었고, 도움의 손길을 필요로 하는 이들은 계속해서 등장했다.

도움이 필요한 이들은 다양한 모습이었다. 일부는 육체를 지니고 있었고, 일부는 허공에 떠돌며 사라져가는 느낌이었으며, 일부는 구름의 형태를 취했고, 일부는 바람에, 일부는 그저 밤 속에 녹아들어 있었다. 그러나 그 모든 이가 숨을 장소를, 안전하게 보관될 장소를 필요로 했다. 포도주 저장고든, 다락방이든, 석상의 모습을 하고 저택의 대리석 현관을 장식하게 되든. 그리고 그들 중에는 단순한 속삭이는 소리도 있었다. 그들이 무엇을 필요로 하는지를 깨닫기 위해서는 귀를 기울여야 했다.

그러면 속삭이는 소리는 이렇게 말했다.

"몸을 숙여. 꼼짝도 하지 말고. 말하지도, 일어나지도 마. 대포가 울부짖고 고함치는 소리에는 귀를 기울일 필요 없어. 그들은 오직 절망과 죽음의 소리를 지를 뿐이니까. 유령을 일으키지도, 정령에게 활기를 주지도 못하는 죽음이야. 대포는 우리, 공포스러운 되살아난 자들의 무리에 손짓하는 게 아니야. 절대 아니야. 오히려 정반대지. 그 소리를 들으면 박쥐는 날개를 잃고 떨어지고, 늑대는 다리를 다친 채 누워버리고, 모든 관 뚜껑은 얼음으로 뒤덮이고 영원히 녹지 않는 서리가 내려앉게 돼. 그 안에서 숨을 쉬어 봤자 수증기와 안개가 되어 떠돌 수가 없게 되어버리지.

머물러야 해. 대저택에 머물러야 해. 마루 널을 두드리는 고동 소리를 들으면서 잠들어야 해. 여기 머물러. 떠나면 안 돼. 모두 조용히. 숨어. 기다려. 기다려."

17장
테베의 목소리

"나는 테베의 거대한 장벽의 경첩에서 태어난 사생아였다네." 그것이 말했다. "여기서 사생아라는 말이, 또는 경첩이라는 말이 무슨 뜻인지는 알겠지? 테베의 벽에 달린 거대한 문도, 다들 알고 있겠지?"

탁자에 둘러앉은 모두는 조바심치며 고개를 끄덕였다. 그렇다고.

"그럼 빨리 넘어가지." 그림자에서 밀려오는 가느다란 숨결 속의 물안개가 말했다. "벽이 건설되고 거대한 통나무를 깎아 겹문을 만들었을 때, 그 문을 쉽게 여닫을 수 있도록 세계 최초의 경첩이 발명되었다네. 이시스나 오시리스나 부바스티스나 라를 섬기는 신도들을 들여보내기 위해 자주 열려야 했거든. 그러나 고위 사제들은 그때까지도 마술처럼 보이는 속임수를 제대로 익히지 못했고, 신들이 목소리를 낼 필요가 있다는 사실도 깨닫지 못했지. 게다가 연기가 솟아오르며 허공을 맴돌다 사라지는 모양새에서 세상을 읽어낼 수 있는 향을 피우는 방법도 깨우치지 못했어. 향은 한참 후에야 등장했고, 그 모든 것을 모르는 동안에도 목소리는 필요했지. 내가 그 목소리가 되어주었다네."

"그런가요?" 가족들은 앞으로 몸을 기울였다. "그래서요?"

"그들은 영원히 변하지 않는 금속인 청동으로 경첩을 만들었지만, 경첩이 조용하게 닫히게 하는 윤활유는 발명하지 못했다네. 그래서 거대한 테베의 문이 열릴 때 내가 탄생했지. 처음에는 내 목소리도 아주 작았다네. 끽 소리, 찍 소리 하나에 불과했지. 그러나 이내 신들의 목소리가 우레처럼 울리기 시작했다네. 숨어서 명령을 내리는, 보이지 않는 이의 목소리였어. 라와 부바스티스가 나를 통해 말을 했다네. 온갖 신을 섬기는 신도들이 내 말 한마디 한마디에 세심하게 신경 쓰고, 금으로 만든 가면이나 곡물을 망치는 주먹을 섬기는 것처럼 천천히 울려 퍼지는 내 마찰음에 귀를 기울였다네."

"그런 일은 생각도 못해봤어요." 티모시가 놀란 얼굴로 고개를 들었다.

"생각해보아라." 3천 년이라는 세월에 묻혀 있는 테베 경첩의 목소리가 말했다.

"계속 말씀해주세요." 모두 말했다.

"그리고 신도들이 고개를 한쪽으로 기울이고 내 진언을, 신비의 옷에 휘감겨 해석되기를 기다리고 있는 소리를 놓치지 않으려 애쓰는 모습을 본 신전 사람들은, 청동 걸쇠에 기름칠을 하는 대신 해석자를 임명했다네. 내가 내는 아주 작은 소리까지도 오시리스가 보낸 실마리, 부바스티스의 의향, 태양 그 자신이 찬동하는 목소리로 번역해주는 사람이었지."

그 존재는 말을 멈추고 경첩에서 울리는 불분명한 소리 몇 가지를 직접 시연해주었다. 음악이었다.

"태어난 후로 나는 한 번도 죽지 않았다네. 위태롭기는 해도 죽지는 않았지. 온 세상 문의 경첩에 기름칠을 하더라도, 언제나 기름칠되지 않은 문 하나, 경첩 하나만은 남아 있었으니까. 나는 그런 곳에서 하룻밤, 1년, 또는 한 사람의 일생 동안 잠들어 있곤 했지. 이런 식으로 나는 자신만의 언어를, 지식의 보고를 지닌 채 대륙을 건너 자네들과 함께 설 수 있게 된 거라네. 이 넓은 세상의 모든 열리고 닫히는 존재들의 대표로서 말이야. 내가 쉬는 장소에는 버터도, 윤활유도, 베이컨 껍데기 기름도 바르지 말게나."

부드러운 웃음이 뒤를 이었고, 모두 그 웃음에 동참했다.

"우리가 할아버지를 어떻게 적어야 할까요?" 티모시가 물었다.

"바람도 공기도 필요로 하지 않는 이야기꾼의 종족이라고 적어라. 한낮에도 스스로의 힘으로 밤의 이야기를 할 수 있는 이라고."

"다시 말씀해주세요."

"천국의 문에 들어가기 위해 도착한 죽은 이들에게, '살아 있는 동안 그대는 열정을 알았는가?'라고 질문을 던지는 작은 목소리라고 적어라. 만약 답이 '그렇다'라면 그는 천상에 들어갈 수 있지만, 그렇지 않다고 답하면 지옥에서 불타오르게 될 것이니."

"여쭈어볼 때마다 답이 길어지는 것 같은데요."

"그러면 '테베의 목소리'라고 적어라."

티모시는 끄적이다 말고 물었다.

"'테베'는 철자가 어떻게 되죠?"

18장
삶을 서두르라

마드모아젤 안젤리나 마르게리타는 기묘한 존재였다. 어떤 이들은 기괴하다고 여기고, 많은 이들이 악몽으로 여겼지만, 결국 그녀는 뒤집힌 삶이라는 퍼즐일 뿐이었다.

티모시가 그녀가 존재한다는 사실을 알게 된 것은 즐겁고 화려한 기억으로 남은 귀향 파티가 끝나고도 몇 달이 지난 후였다.

그녀가 살던, 존재하던, 또는 엄밀하게 말하자면 숨어 있던 곳이 커다란 나무 뒤편의 그림자 속 정원, 가족들에게는 낯선 이름과 시간들이 적혀 있는 표석이 서 있던 곳이기 때문이었다. 스페인의 무적함대가 아일랜드의 해안과 그 땅의 여인들 속으로 침략해 들어와서, 어두운 색의 피부를 가진 아들과 더 어두운 색의 머리카락을 가진 딸을 낳게 했던 때였다. 이름을 보면 종교 재판이나 십자군 전쟁이 벌어지던 행복한 시절의 기억이, 즐겁게 이슬람교도들의 무덤으로 말을 타고 들어가던 아이들이 떠올랐다. 주변 표석들보다 더 큰 돌들은 매사추세츠의 어느 마을에서 마녀들이 겪었던 고난을 기리고 있었다. 저택이 다른 세기로부터 입주자를 맞아들이는 동안 그 모든 표석들은 땅속으로 물러앉았다. 돌 아래 무엇이 누워 있는지를 아는 것은 작은 설치류 한 마리와 그보다 더 작은 거미 한 마리뿐이었다.

그러나 안젤리나 마르게리타라는 이름은 티모시의 숨결 속에 자리 잡았다. 혀 위에서 부드럽게 울려 퍼졌다. 감미로운 아름다움을 불러일으켰다.

"얼마나 오래전에 죽은 거예요?" 티모시가 물었다.

"그것보다는 얼마나 기다려야 태어날지를 묻는 편이 나을 게다." 아버지가 대답했다.

"하지만 태어난 건 한참 전이잖아요." 티모시가 말했다. "날짜를 확인할 수는 없지만요. 분명히—."

저녁 식사 식탁의 맨 윗자리에 앉은 크고 홀쭉하고 창백한 남자, 시간이 흐를 때마다 더 크고 홀쭉하고 창백해지는 남자는, 이렇게 말했다. "내 귀와 신경절을 믿을 수 있다면, 분명 그 여자는 보름 안에 진정으로 태어나게 될 게다."

"보름이면 며칠이죠?" 티모시가 물었다.

아버지는 한숨을 쉬었다. "직접 찾아봐라. 어쨌든 더는 묘석 아래 머물러 있지는 않게 될 게다."

"그러면 설마—."

"잘 지켜보고 있어. 묘석이 흔들리며 땅이 옴찔거리기 시작하면, 네 눈으로 직접 안젤리나 마르게리타를 볼 수 있게 될 테니까."

"그 이름만큼 아름다운 사람일까요?"

"원 세상에, 당연한 소리를. 노파가 계속 젊어지고 또 젊어져서, 겹겹이 쌓인 세월을 녹이고 아름다움을 되찾는 모습을 어서 보고 싶어 참을 수가 없구나. 우리가 운이 좋다면 카스티야의 장미처럼 아름다운 사람일 게다. 안젤리나 마르게리타는 기다리는 중이야. 가서 혹시 깨어났는지 확인해보아라. 어서!"

작은 친구 하나는 볼 위에, 다른 친구는 윗도리 위에, 세 번째 친구는 발치에 대동한 채로, 티모시는 달려갔다.

"아라크, 생쥐, 아누바." 소년은 오래되고 어두운 저택 안을 달려가며 말했다. "아버지가 무슨 말씀을 하신 걸까?"

"쉿." 여덟 개의 다리가 귓속에서 바스락거렸다.

"잘 들어봐." 윗도리 안에서 목소리가 메아리쳐 울렸다.

"저리 비켜. 내가 앞장설 테니까!" 고양이가 말했다.

처녀의 볼처럼 매끄럽고 하얀 묘석이 덮인 무덤에 도착한 티모시는 무릎을 꿇고 앉아서 보이지 않는 실을 잣는 거미가 들어 있는 쪽 귀를 차가운 대리석 위에 가져다 대었다. 둘이 함께 들을 수 있도록.

티모시는 눈을 감았다.

처음에는 돌처럼 단단한 침묵밖에 느껴지지 않았다.

아무것도 없었다.

혼란에 빠져 자리에서 뛰어 일어나려는 순간, 귓가에서 간질이는 소리가 들렸다. **기다려.**

그리고 멀리 아래에서, 문득 땅속의 심장이 한 번 파득이며 울리는 소리가 들렸다.

무릎 아래의 흙이 빠르게 세 번 움찔거렸다.

티모시는 주저앉으며 뒤로 물러났다.

"아버지 말씀이 진짜였어!"

"그래." 귓속에서 속삭이는 소리가 들렸다. "당연하지." 윗도리 속의 작은 털 뭉치가 중얼거렸다.

아누바는 가르랑거렸다.

그래!

소년은 하얀 묘석으로 돌아가지 않았다. 너무 무섭고 수수께끼 같아서 자기도 모르게 울음이 터졌다.

"저 사람 너무 불쌍해요."

"불쌍한 건 아니란다, 우리 아가." 어머니가 말했다.

"하지만 죽었잖아요!"

"그것도 이제 얼마 남지 않았어. 기다려보렴."

그래도 소년은 무덤을 찾아갈 수 없었다. 그 대신 친구들을 보내 귀를 기울이고 돌아오게 했다.

심장 뛰는 소리가 늘어났다. 주변의 땅은 계속 불안한 듯 떨렸다. 귓구멍 속에 거미줄의 직물이 만들어졌다. 윗도리 주머니가 옴찔거렸다. 아누바는 발치에서 원을 그리며 돌았다.

이제 때가 됐어.

그리고 갓 태어난 폭풍우가 떠나고 남은 기나긴 밤이 절반쯤 지났을 때, 벼락 한 갈래가 무덤에 내리꽂히며 축복 가득한 생기를 부여했다.

그리고 안젤리나 마르게리타가 태어났다.

영혼의 자정인 새벽 세 시에, 창밖을 내다본 티모시는 나무를 향해, 그리고 바로 그 특별한 묘석을 향해 촛불이 줄지어 움직이는 모습을 목격했다.

커다란 가지 촛대를 손에 든 아버지가 창문을 올려다보며 손짓했다. 당황했든 아니든, 티모시도 반드시 참석해야 하는 모양이었다.

티모시가 도착해 보니 다른 가족들은 모두 손에 촛불을 든 채로 무덤을 둘러싸고 서 있었다.

아버지는 티모시에게 작은 연장을 건넸다.

"묻는 삽도 있지만, 파내는 삽도 있지. 첫 삽은 네가 떠라."

티모시는 삽을 떨어뜨렸다.

"당장 주워라. 얼른 움직여!" 아버지가 말했다.

티모시는 무덤에 삽을 찔렀다. 쿵쿵대는 고동 소리가 삽을 타고 전해졌다. 한 가닥 금이 묘석을 가로질렀다.

"잘했다!" 이어서 아버지가 삽질을 했다. 다른 이들이 뒤를 이었고, 마침내 지금까지 본 적이 없을 정도로 아름다운 금빛 상자가, 뚜껑에 아로새긴 카스티야의 왕실 문양이, 모두 즐겁게 웃는 가운데 나무 아래 모습을 드러냈다.

"어떻게 웃을 수가 있어요?" 티모시가 말했다.

"우리 아가, 지금 눈앞의 광경은 죽음에 대한 승리를 의미하는 거란다." 어머니가 말했다. "모든 것이 거꾸로인 셈이지. 우리는 그녀를 묻는 것이 아니라 파내고 있는 거야. 아주 즐거워할 만한 일이지. 포도주 좀 가져 오렴!"

소년은 포도주 두 병을 가져와서 열두 개의 유리잔에 부었고, 열두 개의 목소리는 유리잔을 하늘 높이 올리며 중얼거렸다. "모습을 드러내라, 안젤리나 마르게리타여. 처녀로서, 소녀로서, 아기로서, 그리고 자궁으로 돌아가서 시간이 존재하기 전의 영겁 속으로 돌아갈 수 있도록!"

그리고 상자가 열렸다.

반짝이는 뚜껑 아래 깔려 있는 것은—.

"양파잖아요!" 티모시가 소리쳤다.

소년의 말대로, 나일 강둑에 새로 자라나는 풀밭처럼, 안에는 양파가 깔려 있었다. 봄철의 양파가, 푸르고 신선하고 맛 좋은 양파가 가득했다.

그리고 양파 아래에는—.

"빵이잖아요!" 티모시가 말했다.

구운 지 한 시간도 안 돼 보이는 열여섯 개의 작은 빵이, 상자의 뚜껑처럼 황금빛으로 빛나는 껍질에 이스트와 뜨거운 오븐의 냄새를 풍기는 빵들이 상자 안에 있었다.

"빵과 양파." 이집트 수의를 입은 가장 나이 많은 숙부가 이렇게 말하며 몸을 숙여 정원의 상자 안을 가리켰다. "저 양파와 빵은 기나긴 여행을 대비해 내가 넣어놓은 거란다. 나일강을 따라 망각으로 내려가는 것이 아니라, 나일강을 거슬러 수원을 향해, 우리 가족을 향해, 그리고 씨앗으로, 수천 송이의 꽃봉오리가 영그는 석류 안으로 되돌아오는 여행을 위해서. 매달 하나씩 생명의 고리 속에서, 태어나고 싶어 울부짖는 수백만의 봉오리에 둘러싸인 채 탐스럽게 영글어 가는 열매 속으로 말이다. 알 겠니……?"

"빵과 양파네요." 티모시는 함께 웃음을 지었다. "양파와 빵이에요!"

양파를 밀어내고 빵을 한쪽으로 모으자, 얼굴을 덮은 고운 베

일이 그 아래에서 드러났다.

어머니가 손짓했다. "티모시?"

티모시는 뒤로 물러섰다.

"싫어요!"

"이 아가씨는 모습을 드러내는 걸 두려워하지 않는단다. 그러니 너 또한 모습을 보는 걸 두려워해서는 안 돼. 자, 어서."

소년은 베일을 쥐고 당겼다.

베일이 허공에서 한 줄기 하얀 연기처럼 펄럭이더니 바람에 날려 사라져버렸다.

안젤리나 마르게리타는 촛불의 빛에 얼굴을 드러낸 채로 누워 있었다. 눈을 꼭 감고, 굳게 다문 입가에는 희미한 미소를 띤 채로.

그런 그녀는 다른 시대에서 만들어 보내 온 기쁨이자 즐거움이자 사랑스러운 인형처럼 보였다.

그 모습에 촛불이 흔들렸다. 가족의 반응에 맞추어 발밑의 땅이 흔들렸다. 모두의 탄성이 어두운 하늘에 넘쳐흘렀다. 가족은 어찌할 바를 모르고 금빛 머리카락을, 봉긋하게 솟은 광대뼈를, 부드럽게 원호를 그리는 눈썹을, 작고 완벽한 만듦새의 귓바퀴를, 천년의 잠에서 갓 깨어난 자족하나 자만하지 않는 입매를, 완만한 언덕처럼 솟은 가슴을, 상아 펜던트처럼 보이는 손을, 신발조차 필요 없어 보이는 입맞춤을 부르는 작은 발을 칭송했다. 세상에, 저런 발이라면 어디든 갈 수 있을 텐데!

어디라도! 티모시는 생각했다.

"이해가 안 돼요. 어떻게 이런 일이 일어나는 거죠?" 소년이 말했다.

"이렇게 일어나는 거야." 누군가 속삭였다.

그 속삭이는 소리는 방금 되살아난 존재의 입에서, 숨결을 타고 나온 것이었다.

"하지만—." 티모시가 말했다.

"죽음이란 신비로운 것이란다." 어머니가 티모시의 뺨을 어루만지며 말했다. "삶은 더욱 신비롭지. 네가 고르면 된단다. 그리고 삶의 끝자락에서 먼지가 되어 흩날리는 일도, 젊음에 도달해서 탄생으로, 탄생 속으로 되돌아가는 일도, 모두 단순히 이상하다고는 표현할 수 없는 일이 아니겠니?"

"그렇겠죠. 하지만—."

"받아들여." 아버지가 포도주 잔을 높이 들면서 말했다. "그리고 이 기적을 축하해라."

티모시는 눈앞에 펼쳐진 기적을 목격했다. 눈앞에 누워 있는 시간의 딸의 젊은 얼굴이 계속 젊어지고 어려지는 모습을. 마치 부드럽고 천천히 흘러가는 투명한 물속에 잠겨 있어서, 흘러가는 물이 그림자와 빛으로 얼굴을 씻어주고 눈꺼풀을 흔들고 육체를 정화해주는 것만 같았다.

그 순간 안젤리나 마르게리타는 눈을 떴다. 관자놀이에 가느 다란 혈관의 부드러운 푸른빛이 눈에 띄었다.

"그래서, 지금 이걸 탄생이라고 부르나요, 아니면 재생이라고 부르나요?"

모두 나직하게 웃음을 터트렸다.

"둘 중 하나겠지요. 아니면 어느 쪽도 아니던가." 티모시의 어 머니가 손을 뻗었다. "환영해요. 잠시 머물러요. 머지않아 그대 의 숭고한 운명을 향해 떠날 준비가 될 테니까."

"하지만." 티모시는 다시 항변하듯 입을 열었다.

"의심하면 안 돼. 그냥 받아들여."

1분 전보다 한 시간 젊어진 안젤리나 마르게리타는 어머니 의 손을 잡았다.

"초를 꽂은 케이크가 있나요? 오늘이 한 살 생일일까요, 아니 면 999살 생일일까요?"

답을 찾기 위해 다시 잔에 포도주가 채워졌다.

석양은 사라지기 때문에 사랑받는다.

꽃은 질 운명이기 때문에 사랑받는다.

들판을 뛰노는 개와 부엌에 웅크린 고양이를 사랑하는 것은 그들이 머지않아 떠날 이들이기 때문이다.

물론 그게 유일한 이유는 아니겠지만, 아침 인사와 오후의 웃음의 깊은 내면에는 작별의 약속이 숨어 있다. 늙은 개의 회색 주둥이에서 우리는 작별 인사를 찾아낸다. 나이 든 친구의 지친 얼굴에서 우리는 귀향보다 먼 곳으로 돌아가는 기나긴 여행길을 읽어낸다.

안젤리나 마르게리타와 가족의 경우에도 마찬가지였지만, 가장 깊이 빠져든 이는 티모시였다.

가장 큰 홀의 양탄자 위에는 '삶을 서두르라'는 글귀가 수놓여 있었고, 가족들은 사랑스런 아가씨와 함께 보내는 매일 매 시간의 매 분을 그 위를 걷고 뛰면서 보냈다. 그녀는 열아홉 살에서 열여덟 살 6개월로, 그리고 열여덟 살 3개월로 잠시도 쉬지 않고 돌아가고 있었기 때문이다. 멈출 수 없지만 아름다운 쇠퇴를 계속하는 모습을 바라보며, 손을 뻗어 흐름을 늦추려 애쓰면서도.

"좀 기다려줘!" 어느 날 티모시는 그녀의 얼굴과 몸이 하나의 아름다움에서 다른 아름다움으로, 마치 양초처럼 불이 붙은 채 녹아내리는 모습을 보며 이렇게 외쳤다.

"잡을 수 있으면 잡아봐!" 안젤리나 마르게리타는 쫓아오는 티모시에게 이렇게 말하며 들판을 가로질러 달려갔다.

이내 지친 그녀는 큰 소리로 웃으며 자리에 주저앉고는 소년이 가까이 다가오기를 기다렸다.

"잡았다. 잡았다고!" 소년이 소리쳤다.

"아니야." 그녀는 부드럽게 말하며 티모시의 손을 잡았다. "절대 잡을 수 없어. 우리 귀여운 사촌. 내가 설명해줄게."

그리고 그녀는 설명을 시작했다.

"나는 잠시 동안 이렇게 열여덟 살에 머물러 있을 거야. 그리고 머지않아 열일곱 살, 열여섯 살이 될 테지. 티모시, 그런 나이가 되면 나는 아래 마을로 내려가서 가벼운 사랑을, 스쳐지나가는 로맨스를 겪어야 해. 내가 이쪽 언덕에서, 저택에서 왔다는 것을 알리지 않고, 잠시 행복에 겨운 시간을 보내야 하는 거야. 열다섯 살, 열네 살, 열세 살이 되고, 마침내 심장이 고동치거나 핏줄이 여물기 시작하기 전의 순진한 열두 살이 될 때까지. 그런 다음에는 무지하지만 행복한 열한 살이 될 테고, 이내 더욱 행복한 열 살이 될 거야. 티모시, 어쩌면 그렇게 한참을 돌아가게 되면 너와 함께 어울릴 수 있을지도 모르지. 친구로서 사이좋게 손을 잡고 몸을 부비면서 말이야. 정말 즐거울 것 같지 않니?"

"누나가 대체 무슨 소리를 하는 건지 모르겠어!"

"티모시, 너 몇 살이지?"

"열 살일 거야."

"아, 그렇구나. 그럼 내가 무슨 말을 하는지 모르겠네."

그녀는 갑자기 소년 쪽으로 고개를 숙이더니 입을 맞추었다. 고막이 찢어지고 부드러운 정수리가 찡하게 울릴 정도의 키스였다.

"나를 사랑하지 않으면 무엇을 잃게 될지, 이걸로 조금 감이 잡히니?" 그녀가 말했다.

티모시는 얼굴이 새빨개졌다. 소년의 영혼은 육신을 빠져나가 폭풍우 속에 휘감겨 돌았다.

"알 것도 같아." 소년이 중얼거렸다.

"나는 곧 떠나야 해." 그녀가 말했다.

"그건 싫어. 왜 가는 거야?" 소년이 소리쳤다.

"우리 귀여운 사촌. 한 곳에 너무 오래 머물면 사람들이 눈치채기 때문이야. 달이 흘러가면 나는 어려질 테니까. 시월에는 열여덟 살이지만 십일월에는 열일곱 살이, 열여섯 살이 될 테고, 성탄절 즈음에는 열 살이, 봄이 찾아오면 두 살이, 한 살이 되고, 결국 마침내 나를 잉태해줄 어머니를 찾아서 자궁 안에 숨어서 영원을 방문해야 할 테니까. 우리가 모두 시간을 찾아가서 영겁 속으로 사라지게 되는 그 영원을. 셰익스피어도 그렇게 말했지."

"그랬어?"

"삶은 방문일 뿐이며, 잠으로 완결되나니. 나는 죽음이라는 잠에서 찾아왔으니 다른 사람들과는 다른 거야. 생명이라는 잠 속에서 쉬기 위해 바삐 달려가는 거지. 내년 봄이 오면 나는 누군지 모를 아가씨나 부인의 벌집 속에 깃들인 씨앗이 되어, 생명을 받아 영글기를 기다리게 될 거야."

"누난 이상해." 티모시가 말했다.

"진짜 이상하지."

"세상이 시작한 후로 누나 같은 사람이 많았을까?"

"알려진 사람은 거의 없어. 하지만 무덤에서 눈을 떠서 아직 어린 신부의 석류 같은 미궁 속에서 잠들 수 있다니, 운이 좋은 쪽 아닐까?"

"축하를 한 것도 당연하구나. 웃고 떠든 것도 그렇고. 포도주도!" 티모시가 말했다.

"당연한 일이야." 안젤리나 마르게리타는 이렇게 말하며 다시 입을 맞추려 몸을 숙였다.

"잠깐!"

너무 늦었다. 그녀의 입술이 소년의 입술을 지그시 눌렀다. 격렬한 불길이 소년의 귓불을 태우고, 목에 화상을 입히고, 다리를 부러트렸다가 다시 세우고, 심장을 두드려 장밋빛 얼굴을 선홍색으로 달아오르게 만들었다. 다리 사이에서 격렬한 움직임이 시작되다가 이내 소리 없이 잦아들었다.

"아, 티모시." 그녀가 말했다. "우리가 진정으로 만날 수 없다니 얼마나 슬픈 일일까. 너는 그대로 무덤을 목표로 나아가고, 나는 육신과 출산이라는 달콤한 망각으로 향하고 있으니."

"응. 정말 슬퍼." 티모시가 말했다.

"굿바이라는 작별 인사에 무슨 뜻이 담겨 있는지 알고 있니? 신이 그대와 함께 하기를 God be with you, 이라는 뜻이란다. 잘 있어, 티모시."

"무슨 소리야?"

"잘 있어!"

소년이 비틀거리며 자리에서 일어나기도 전에, 그녀는 그대로 저택으로 달려 올라가 그대로 영원히 사라져버렸다.

마을에서 거의 열일곱 살이 된 그녀의 모습을 봤다는 소문이 들렸다. 그리고 일주일 후에는 나라 반대편의 마을에 열여섯 살로 도착했다 떠났다고 했다. 그다음은 보스턴이었다. 몇 살로? 열다섯 살로! 그리고 다음에는 열두 살의 소녀가 되어 프랑스로 향하는 배에 올랐다고 한다.

그 이후로 그녀의 이야기는 흐릿한 안개 속에 잠겨버렸다. 이내 편지가 한 통 도착했는데, 그 안에는 프로방스 지방에 며칠 정도 머문 다섯 살가량의 아이의 이야기가 담겨 있었다. 마르세유에서 찾아온 어떤 여행자는 여인의 팔에 안겨 있는 두 살 먹은 아이가 옹알거리고 웃음을 터트리면서 머나먼 곳에 있는 마을과 나무와 저택에 대해 알아들을 수 없는 이야기를 하는 모습을 보았다고 말했다. 그러나 그 모든 소문이 허튼소리일 뿐이라 말하는 사람들도 있었다.

안젤리나 마르게리타의 운명에 얽힌 소문에 종지부를 찍은 사람은 중부 지방 호스텔의 미식과 고급 포도주를 음미하면서 일리노이 주를 지나가던 이탈리아 출신의 백작이었다. 그는 로마에서 온 만삭이 된 백작부인을 만난 이야기를 들려주었는데, 그녀는 안젤리나의 눈과 마르게리타의 입매를, 그리고 양쪽 모두의 반짝이는 영혼을 가진 여인이었다고 한다. 하지만 이것 또한 말도 안 되는 소리일 뿐이다!

이제 명복을 빌어주어야 할까? 재는 재로, 먼지는 먼지로?

어느 밤 가족과 함께 저녁 식사 자리에 앉아서 냅킨으로 눈물을 훔치던 티모시는 문득 이렇게 말했다.

"안젤리나는 천사와 비슷하다는 뜻이죠? 마르게리타는 꽃이고요?"

"그렇지." 누군가 대답했다.

"그러면 꽃과 천사인 거예요." 티모시가 중얼거렸다. "재로, 먼지로 돌아간 게 아니에요. 천사와 꽃으로 돌아간 거예요."

"그럼 천사와 꽃을 위해 건배하자꾸나."

모두 함께 잔을 들었다.

19장
굴뚝 청소

그러나 그들은 그 이상이었다.

굴뚝 안을 비우고, 주변에 머무르고, 소리치고 퍼져 나갔지만, 실제로 굴뚝 연통과 환기구를 청소한 것은 아니었다.

그들은 굴뚝 안에 머물렀다. 먼 곳에서 날아와 그 안에 머물렀다. 그들이 영적인 존재인지, 영령이 살랑거리는 속삭임인지, 유령의 추억인지, 일렁이는 빛인지, 그림자인지, 잠들어 있거나 깨어나 있는 영혼인지는, 아무도 알 수 없었다.

그들은 구름을 타고 이동했다. 여름날 높이 솟은 새털구름을 타고 날아와, 비바람의 전조가 찾아올 때면 천둥소리를 울리는 벼락을 타고 떨어져 내렸다. 가끔은 새털구름이나 높층구름의 도움 없이도 맑은 하늘의 들판을 가로질러 오기도 했는데, 그럴 때면 밀밭을 쓸고 지나가거나 마지막에 도착할 곳을 미리 훔쳐보려는 듯 하늘에서 내리는 눈의 베일을 슬쩍 들어 올리는 모습이 보이기도 했다. 저택과 아흔아홉 개, 또는 백 개라고도 말하는 저택의 굴뚝들을 곁눈질하는 것처럼.

아흔아홉 개 또는 백 개의 굴뚝은 하늘을 향해 입을 벌린 채 누군가 자신을 채워주기를, 먹이를 주기를 기다리고 있었다. 이들의 소리 없는 중얼거림은 대기 속으로 뻗어나가 주변 사방을 지나가는 산들바람을, 거쳐 가는 비바람을 불러 오곤 했다.

이렇게 해서 형체 없는 투명한 바람이 하나씩, 저마다 옛날 비바람의 모습을 한 움큼씩 가진 채 저택에 도착했다. 굳이 이름을 붙이자면 몬순이나 시로코나 산타나라고 부를 수 있을 것이다. 아흔아홉 개 또는 백 개의 굴뚝은 수많은 바람들이 안으로 내려와 이곳저곳을 둘러보다 이윽고 내려앉아 달아오른 하지의 분노와 차가운 동지의 매서움을 가라앉히고, 검댕이 묻은 벽돌 속에서 팔월 한낮을 기다려 다시 살아나는 모습을, 노래하는 산들바람이나 늦은 밤 죽어가는 영혼의 소리나 우수를 자극하는 울려 퍼지는 소리가 되는 모습을 모두 지켜보았다. 삶이라는 반도를 떠나 멀리 바다로 나간 이들을, 암초에 걸려 좌초되어버린 이들을 이끄는 안개 고동이 되는 모습을, 한 번에 수천의 목숨이 사라져버리는 장례식에 울리는, 거친 바다의 비탄의 애가가 되는 모습을.

바람은 귀향 파티가 벌어지기 한참 전에도, 벌어지는 도중에도, 끝나고 한참 후에도, 화덕에서 일어나 연통을 타고 솟아오르는 숨결을 따라 조금도 헤매지 않고 계속해서 찾아왔다. 고양이처럼 차분하고 조용한 이들이었다. 무리도 먹이도 필요 없는 고고한 거대한 고양잇과 맹수처럼. 스스로를 잡아먹으며 그것만으로 충분히 만족할 수 있는 이들이었기 때문이다.

아우터헤브리디스제도나 지나해에서 일어나는 바람들, 케이프에서 서둘러 날아오는 허리케인들, 얼어붙은 숨결을 품고 남쪽으로 날아와 페르시아만에서 사납게 날아오는 불의 숨결과 만나려는 이들은, 분명 모두 고양이 같았다.

이렇게 해서 저택의 모든 굴뚝 연통에 거주자가 깃들였다. 가장 오래된 폭풍을 알고 있는 기억의 바람이, 그 아래 벽난로의 장작에 불을 붙일 때마다 자신들의 무시무시한 이야기를 털어놓았다.

또는 티모시의 목소리가 이곳저곳의 연통을 타고 올라올 때마다, 미스틱 항구의 겨울은 이야기 하나를 훌쩍이듯 흘려보내곤 했다. 또는 서쪽으로 가다가 잠시 다음 바람을 기다리는 런던의 안개가 빛이 사라진 낮과 칠흑 같은 밤의 이야기를 바람 새는 소리로 중얼거리기도 했다.

그곳에는 모두 해서 아흔아홉 개, 어쩌면 백 개의, 유랑하는 비바람 일족의, 날씨 부족의, 고대 숨결의, 갓 태어난 뜨겁고 차가운 공기의 언어가 존재했다. 비에 촉촉이 젖은 바람이 찾아와서 코르크 마개처럼 튀어 올라 갓 태어난 폭풍에 몸을 맡길 때까지, 잠시 몸을 쉴 숙소를 찾는 이들이었다. 그럴 때면 저택은 투덜거리는 고함 소리로 가득한, 보이지 않고 소리만 들리는 순수한 공기의 말소리가 곳곳에서 울리는 오래된 술통이 되곤 했다.

때로 잠을 이루지 못할 때마다, 티모시는 여기저기 벽난롯가에 누워 연통을 바라보며 한밤중의 친구를 불러낸 다음, 온 세상을 돌아다니는 바람의 여행 이야기를 청하곤 했다. 벽돌로 덮인 연통을 따라 정령들의 이야기가 어둠 속의 눈송이처럼 내려와 귀를 간질이기 시작하면, 아라크는 흥분해서 뒤척거렸고, 생쥐의 두근거리는 심장 박동 소리가 들려왔고, 아누바는 고양이의 감각으로 기묘한 동족의 존재를 알아채서 자리에 일어나 앉곤 했다.

저택은 이렇게 해서 보이거나 거의 보이지 않는 이들의 집이 되었고, 가족이 머무는 방들은 세상 모든 곳 모든 때에서 흘러온 산들바람과 폭풍과 비바람에 둘러싸이게 되었다.

굴뚝 속의 보이지 않는 이들.

한낮을 기억하는 이들.

허공에 녹아 사라지는 노을의 이야기를 전하는 이들.

아흔아홉 개 또는 백 개의 텅 빈 굴뚝.

오로지 그들만 깃들여 있는 텅 빈 굴뚝이 남았다.

20장
여행하는 이

새벽이 찾아오기 직전, 아버지는 세시의 다락방을 들여다보았다. 세시는 정적 속에서 강둑의 모래 위에 누워 있었다. 아버지는 고개를 젓고는 그녀를 향해 손짓하며 말했다.

"자, 그럼 이제 저기 누워 있는 저 아이가 무슨 도움이 되는지 말해보구려. 그게 가능하다면 베란다 창문에 걸어놓은 덮개를 통째로 삼켜 보일 테니. 저 아이는 밤새 자고 일어나 아침을 먹고는 다시 하루 종일 자는 게 일이지 않소."

"아, 하지만 저 아이는 도움이 되는 걸요!" 어머니는 아버지를 끌고 층계를 내려와, 세시의 하얀 몸이 잠들어 있는 곳에서 떨어지게 만들며 설명했다. "여보, 저 아이는 우리 가족 중에 가장 바쁜 아이라고요. 낮 동안 잠만 자면서 아무것도 하지 않는 당신 형제들은 대체 무슨 쓸모가 있어요?"

부부는 검은 양초의 향기 사이로 계단을 내려갔다. 난간에 걸린 검은 크레이프 덮개가 살랑거렸다.

"적어도 우리는 밤에 일하지 않소?" 아버지가 말했다. "우리가 당신 말대로 옛날 방식으로 산다고 해서, 그걸 뭐라 할 수는 없는 것 아니오."

"물론이죠. 가족 모두 시대에 맞춰 살 수는 없으니까요." 그녀는 지하 저장고의 문을 열었고, 부부는 함께 어둠 속으로 걸어 내려갔다. "내가 아예 자지 않아도 된다는 사실이 얼마나 다행인지 몰라요. 당신이 밤에 자는 사람과 결혼했다면 정말 대단한 결혼이 되었겠죠! 저마다 각자의 삶을 살게 되었을 테니까. 전부 엉망으로요. 우리 가족은 그런 식이죠. 세시처럼 정신밖에 없는 아이도 있고, 에이나르 아저씨처럼 날개밖에 모르는 사람도 있고. 그런데 또 티모시처럼 아주 차분하고 완벽하게 정상인 아이도 있단 말이에요. 당신은 낮에 잠을 자죠. 그런데 나는 평생 한 번도 눈을 붙여본 적이 없어요. 따라서 세시도 그리 이해하기 어려운 아이는 아닌 거예요. 저 아이는 정신을 날려서 나 대신 청과물상에 가주거든요! 또는 푸줏간 주인의 머릿속에 들어가서 신선한 고기가 들어왔는지 확인해주기도 하죠. 우리 집을 방문해서 오후를 엉망으로 만들 만한 사람이 있으면 미리 경고해주기도 해요. 저 아이는 날아가는 홀씨로 가득한 열매나 다름없다고요!"

그들은 텅 비어 있는 커다란 마호가니 상자 옆에서 잠시 걸음을 멈추었다. 아버지는 안으로 들어가며 말했다. "하지만 그보다 더 많은 걸 할 수 있잖소. 저 아이도 진짜 일거리를 찾아야 한다고 생각하는데."

"일단 자고 생각해요." 그녀가 말했다. "해 질 무렵이 되면 생각이 바뀔 수도 있잖아요."

어머니는 뚜껑을 닫아주었다.

"글쎄." 그가 말했다.

"좋은 아침 보내요, 여보." 어머니가 말했다.

"좋은 아침." 아버지는 상자 속에 틀어박힌 채 웅얼거렸다.

해가 떠올랐다. 어머니는 서둘러 계단을 올라갔다.

세시는 깊은 잠 속의 깊은 꿈에서 깨어났다.

그녀는 현실을 둘러보고는, 자신만의 격렬하고 아득한 세계가 보다 마음에 들고 필요한 쪽이라는 결론을 내렸다. 흐릿하게 어른거리는 메마른 사막 같은 다락방의 윤곽과 저녁나절의 저택을 가득 메우는 부산한 날갯짓 소리가, 그녀에게 익숙한 현실이었다. 그러나 지금 한낮의 평범한 세계는 사방이 쥐죽은 것처럼 고요하기만 했다. 태양은 하늘 높이 걸리고, 그녀가 꿈에 잠기는 침대인 이집트의 모래는 그녀의 정신이 신비로운 손길을

194

뻗어 자신을 부드럽게 쓰다듬으며 여행길의 도표를 그려주기만을 기다리고 있었다.

세시는 이 모든 것을 느끼고 알았다. 그래서 꿈꾸는 이의 미소를 머금은 채, 그녀는 다시 길고 아름다운 머리카락을 베개 삼아 잠들어 꿈꾸었고 그 꿈속에서……

여행을 떠났다.

그녀의 정신은 꽃이 핀 정원을, 들판을, 푸른 언덕을 넘어, 졸음에 겨운 옛 시가지를 넘어, 바람을 타고 습기 가득한 협곡을 건너갔다. 그녀는 온종일 하늘을 날아 이곳저곳을 거닐었다. 그녀의 정신은 개 안으로 들어가 자리에 앉아 털을 세우고 살점이 붙은 뼈다귀를 맛본 다음 짜릿한 소변 냄새가 나는 나무를 킁킁거렸다. 환히 웃으며 개가 소리를 듣는 식으로 소리를 듣고, 개가 뛰는 식으로 뛰었다. 정신을 전파한다기보다는 수많은 굴뚝을 이리저리 들락거리는 쪽에 가까웠다. 늘어져 있는 고양이에, 나이가 들고 까다로운 가정부에, 뛰노는 소녀들에, 아침잠자리의 연인들에, 그리고 아직 태어나지 않은, 꿈꾸는 작은 분홍색의 뇌수에 깃들이는 일이었다.

오늘은 어디로 가볼까?

그녀는 이내 결정을 내렸다.

그리고 움직였다!

바로 이 순간, 다락방 아래 고요한 저택에서는 분노의 광기가 밀어닥치고 있었다. 한 남자가, 정신이 나갔다는 평판이 자자한 숙부 한 명이 보통 사람들이라면 한밤중이나 다름없는 시각에 들이닥쳐 가족 사람들이 놀라 뛰쳐나오게 만들고 있었던 것이다. 트란실바니아에서 전쟁이 일어나고, 무시무시한 장원을 소유한 미친 영주가 자기 적들의 엉덩이를 꼬챙이에 꿰어 그대로 매달아서 끔찍하게 몸부림치며 죽게 만들었던 바로 그 시절에서 온 숙부였다. '부정한 존'이라는 이름으로 불리는 이 숙부는 고작해야 몇 달 전에 음침한 동유럽에서 도착했는데, 와보니 그의 부패한 성질과 끔찍한 과거를 담아둘 만한 방이 없다는 것을 알게 되었다. 저택의 가족도 하나같이 괴상한 이들뿐이었고, 때론 기괴하거나 완전히 정신이 나간 이들도 있었지만, 재앙이자 역병을, 핏빛 눈동자와 날카로운 이빨과 사나운 발톱과 꼬챙이에 꿰뚫린 수백만의 목소리를 품고 있는 악당까지 받아줄 생각은 없었다.

그가 분노를 터트리며 한낮의 조용한 저택 안으로 쳐들어왔을 때, 집 안에 깨어 있는 사람이라고는 티모시, 그리고 태양의 위협을 피해 잠들어 있는 다른 식구들을 지키는 어머니뿐이었다. 잔혹한 존은 거칠게 그들을 밀치고 층계를 올라가기 시작했다. 욕심 많은 목소리가 세시 주변을 감싸고 있는 꿈꾸는 모래를 거칠게 일으켜 평화롭게 잠들어 있는 그녀 주변에서 사하라 사막의 모래폭풍을 일으켰다.

"젠장! 여기 있나? 내가 너무 늦은 건가?" 그가 소리쳤다.

"당장 돌아가요." 어둠의 어머니가 티모시를 데리고 다락방으로 올라오며 말했다. "당신 눈이 먼 건가요? 이 아이는 벌써 떠났고 앞으로 며칠 동안 돌아오지 않을지도 모른다고요!"

잔혹하고 부정한 존은 잠들어 있는 처녀 주변의 모래를 거칠게 발로 차 뒤엎었다. 그녀의 손목을 붙들고 그 안에 뛰는 맥박을 찾았다. "젠장!" 그는 다시 소리쳤다. "당장 불러와! 지금 필요하단 말이야!"

"내 말 못 들었어요?" 어머니가 앞으로 나섰다. "건드리면 안 돼요. 떠났을 때의 상태 그대로 놔둬야 해요."

존 숙부는 고개를 돌렸다. 길쭉하고 험악하고 곰보로 얽은 얼굴엔 벌겋게 달뜨고 우둔한 표정이 떠올라 있었다.

"어딜 간 거지? 찾아내야 해!"

어머니는 나직하게 말했다. "산골짜기를 따라 달리는 아이 속에 있을지도 모르죠. 계곡물 바위 아래 가재 속에 있을지도 모르고요. 아니면 법원 광장에서 노인의 얼굴 뒤에 숨어서 체스를 두고 있을지도 몰라요." 씁쓸한 미소가 어머니의 입가에 어렸다. "아니면 지금 여기, 당신을 보고 웃음을 터트리면서도 입을 다물고 있는 건지도 모르죠. 지금 내 안에서 상황을 즐기면서 당신에게 말하고 있을지도요."

"하지만—." 그는 거칠게 몸을 돌리며 사방을 둘러보았다.

"내가 그걸 보아 넘길 거라고 생각한다면—."

어머니는 조용히 말을 이었다. "물론 여기 없어요. 설령 있다고 하더라도 확인할 방법이 없겠지만." 그녀의 눈동자 속에 미묘한 악의가 번득였다. "왜 그 아이가 필요한 건가요?"

그는 멀리서 울리는 종소리에 귀를 기울이고는, 분통을 터트리며 고개를 저었다.

"뭔가…… 저 안에 있어……." 그는 말을 끊고는, 잠들어 있는 따스한 육체를 향해 몸을 숙였다. "세시! 냉큼 돌아와라! 원하면 언제든 할 수 있을 텐데!"

햇살이 일렁이는 창밖에서 부드러운 바람이 한 줄기 불었다. 조용히 잠든 그녀의 팔 아래에서 모래가 밀려갔다. 멀리서 다시 종소리가 들렸고, 그는 나른한 여름날의 소리에, 멀리, 아주 멀리서 들려오는 그 소리에 귀를 기울였다.

"이 아이를 찾으려고 얼마나 노력했는데. 지난달 내내 끔찍한 생각에 시달렸다고. 기차를 타고 도시로 가서 도움을 청할 생각도 했어. 하지만 세시는 이런 공포를 잡아챌 줄 알지. 저 아이는 거미줄을 청소해서 나를 말끔하게 만들어줄 수 있잖아. 무슨 말인지 알겠나? 나를 도와야 한다고!"

"우리 가족한테 그런 짓을 하고서도 그런 말이 나오나요?" 어머니가 말했다.

"내가 뭘 했다고!"

"방이 없다고, 지붕이며 탑 꼭대기까지 가득 찼다고 말했는데도 당신은 우리에게 욕설을 내뱉으면서―."

"항상 나를 싫어했잖아!"

"어쩌면 당신을 두려워했던 걸지도 모르죠. 끔찍한 전력을 가지고 있는 사람이니까."

"그렇다고 해서 감히 나를 거절하다니 말도 안 되는 소리야!"

"충분히 그럴 만한데요. 애초에 방도 남지 않았고―."

"거짓말이야. 거짓말이라고!"

"세시는 당신을 돕지 않을 거예요. 우리 가족이 용납하지 않을 테니까."

"저주받을 가족 같으니!"

"당신이 저주를 내렸죠. 지난달 우리가 거절한 후로 가족 몇 명이 모습을 감췄어요. 당신은 마을에서 소문의 대상이 돼 있고요. 이런 상황이 계속되면 머지않아 저들이 우리를 쫓기 시작할 거예요."

"그럴지도 모르지! 나는 술에 취하면 온갖 소리를 지껄이니까. 너희가 돕지 않으면 더 마시게 될지도 몰라. 저 빌어먹을 종소리 때문에! 세시라면 저 종소리를 멈출 수 있을 텐데."

"종소리라." 외로운 유령의 형상을 한 여인이 말했다. "그 소리가 언제 시작된 거죠? 듣기 시작한 지 얼마나 됐나요?"

"얼마나 됐느냐고?" 그는 입을 다물고 뭔가를 살펴보려는 듯 눈을 치떴다. "너희가 나를 내쫓은 다음부터지. 내가 마을로 내려가서—." 그는 순간 멈칫거리며 입을 다물었다.

"술에 취해서 해선 안 되는 말을 지껄이고 우리 지붕 위를 지나가는 바람이 안 좋은 쪽으로 불게 만든 다음부터겠죠?"

"그런 일은 하지 않았어!"

"당신 얼굴에 적혀 있어요. 당신은 오직 다른 사람들을 위협하기 위해서만 지껄이잖아요."

"그럼 이 말도 들어보시지." 잔혹한 존은 이렇게 말하며 세시를 바라보았다. "잘 들어라, 꿈꾸는 꼬마. 해 질 녘까지 돌아와서 내 마음을 뒤흔들고, 머릿속을 청소해주지 않으면……."

"우리가 사랑하는 모든 영혼들의 목록을 가지고 있으니, 그걸 잘 훑어본 다음 술에 찌든 혀로 사방에 퍼트릴 거라는 말이죠?"

"꼭 그럴 거라는 건 아니었지만, 원한다면야."

그는 문득 말을 멈추고 눈을 감았다. 멀리서 종소리가, 성스러운 종소리가 다시 울려대기 시작했다. 울리고, 울리고, 또 울렸다.

그는 종소리를 묻어버리려는 듯 거칠게 소리쳤다. "내 말 똑똑히 들었겠지!"

그는 몸을 돌려 거칠게 다락방을 빠져나갔다.

쿵쿵대는 발소리가 계단을 따라 사라졌다. 소리가 사라지자,

창백한 여인은 잠든 처녀를 조용히 돌아보았다.

"세시야. 돌아오렴!" 그녀는 부드럽게 말했다.

정적이 흘렀다. 어머니가 기다리는 가운데, 세시는 꼼짝도 않고 누워 있었다.

잔혹하고 부정한 존은 화창한 시골길을 따라 마을의 거리로 들어서서, 얼음과자를 핥고 있는 모든 아이들 속에서, 어딘지 모를 목적지로 열심히 종종걸음 치는 모든 작고 하얀 강아지들 속에서 세시의 모습을 찾았다.

존 숙부는 걸음을 멈추고 손수건으로 얼굴을 훔쳤다. 두려운 거야. 그는 생각했다. 두려운 거라고.

그는 높이 걸린 전화선 위에 모스 부호처럼 일렬로 앉아 있는 새들을 바라보았다. 저 위에서 세시가 날카로운 새의 눈으로 그를 바라보며, 깃털을 퍼덕이며, 비웃고 있는 것은 아닐까?

잠에 겨운 일요일 아침처럼, 그의 머릿속 계곡에서 아련하게 종소리가 울렸다. 그는 허연 얼굴들 사이에서, 어둠 속에서, 못 박힌 것처럼 서 있었다.

"세시!" 그는 모든 곳을 향해, 모든 것들을 향해, 울부짖었다. "네가 이걸 처리해줄 수 있다는 걸 안다! 나를 뒤흔들어다오! 정신을 섞어줘!"

마을 한복판의 담뱃가게 앞 인디언 목상을 붙든 채, 존은 격렬하게 머리를 흔들었다.

세시를 영영 찾지 못하면 어떻게 될까? 만약 바람이 그녀가 시간을 보내기 좋아하는 엘진까지 그녀를 날라줬다면? 엘진 주립병원의 낡은 병동 안을 날아다니면서 광인들의 머릿속에 가득한 온갖 화려한 생각들을 건드리며 즐기고 있다면?

오후의 공기를 뚫고 저 멀리서 거대한 금속 경적이 한숨 쉬는 소리가 울렸다. 계곡을 가로지르는 다리를 따라 달려가는 기차에서 증기가 피어올랐다. 기차는 알알이 영근 옥수수 밭을 가로지르는 시원한 강물을 건너 터널을 통과해서, 햇살에 반짝이는 호두나무 잎사귀가 만드는 아치 아래로 지나갔다. 존은 겁에 질린 채 꼼짝도 못하고 서 있었다. 세시가 저 기차 기관사의 머릿속에 있으면 어떻게 하지? 세시는 힘센 엔진의 고동을 느끼며 여행하는 것을 좋아했다. 경적 끈을 당겨서 한밤중의 잠든 풍경이나 한낮의 졸음에 겨운 시골에 날카로운 소리를 울리는 일을 좋아했다.

그는 어둑한 도로를 따라 걸음을 옮겼다. 시야의 한쪽 가장자리로 노파의 모습이 보였다. 말린 무화과처럼 쪼글쪼글하고, 엉겅퀴 씨앗처럼 헐벗고, 가슴에 삼나무 말뚝이 박힌 채 산사나무 가지 사이에 걸려 있는 노파였다.

무언가 새된 소리를 울리며 그의 머리를 두드렸다. 찌르레기 한 마리가 그의 머리를 스치고 하늘 높이 솟아올랐다.

"빌어먹을!"

그는 새가 공중에서 선회하며 다시 기회를 노리는 모습을 바라보았다.

그리고 바람을 가르는 소리가 들렸다.

그는 손을 뻗어 움켜쥐었다.

잡았다! 새는 그의 손아귀 안에서 움찔거렸다.

"세시!" 그는 손가락의 감옥 안에서 몸부림치는 검은 생명을 노려보며 소리쳤다. "세시, 나를 돕지 않으면 죽여버릴 테다!"

새가 비명을 질렀다.

그는 손가락에 힘을 실었다. 세게, 더 세게!

죽은 새를 떨구고 자리를 뜨면서도, 그는 단 한 번도 뒤돌아보지 않았다.

그는 협곡으로 내려와 시냇가 둑을 따라 걸었다. 가족들이 그에게서 달아나려 정신없이 사방으로 돌아다닐 생각을 하니 절로 웃음이 나왔다.

동그란 눈 두 개가 물속에서 그를 올려다보았다.

달아오를 정도로 뜨거운 여름의 한낮이 찾아오면, 세시는 부드러운 회색 껍질에 둘러싸이고 큰 턱이 달린 가재의 머릿속에 들어가 시간을 보내곤 했다. 동그란 검은 눈으로 밖을 내다보고, 실처럼 길고 가늘고 민감한 촉수로 물줄기를 느끼며, 서늘한 물의 장막 속에서 일광욕을 했다.

문득 그녀가 가까이 있을지도 모른다는 생각이 들었다. 다람쥐 속에, 아니면…… 젠장, 떠올려보자고!

모든 것이 녹아내리는 한여름의 한낮이면, 세시는 우물의 어둑한 물속 아메바에 들어가서 명상에 잠긴 채 떠다니곤 했다. 세상이 열기라는 악몽 속에 잠기고 대지의 모든 물건 위에 뜨거운 기운이 깊이 아로새겨지는 날에는 그녀는 그렇게 물속에 잠긴 채 모든 것을 잊고 몸을 부르르 떨곤 했다.

존은 순간 발이 걸려 그대로 계곡물 속으로 넘어져버렸다.

종소리가 더 크게 울리기 시작했다. 강물을 따라 줄지어 시체들이 떠내려왔다. 구더기처럼 희멀건 시체들이 줄이 끊어진 꼭두각시 인형처럼 강물에 몸을 내맡긴 채 흘러오고 있었다. 옆을 지나갈 때마다, 물결에 고개가 돌아가며 가족의 얼굴이 하나씩 모습을 드러냈다.

그는 물속에 주저앉은 채로 흐느끼기 시작했다. 이내 그는 떨리는 다리를 가누며 일어서서, 계곡을 나와 언덕을 올랐다. 이제 할 수 있는 일은 하나밖에 없었다.

부정하고 잔혹한 존은 비틀거리며 늦은 오후의 경찰서로 들어갔다. 거의 제대로 설 수도 없는 모습으로, 속삭이는 소리를 구역질하듯 힘겹게 내뱉으면서.

보안관은 책상 위에 올리고 있던 다리를 내리고, 정신이 나간 것처럼 보이는 남자가 숨을 가다듬고 입을 열기를 기다렸다.

"한 가족을 신고하려고 하는데." 그는 헐떡이며 말했다. "이 근처에 사는데, 숨어 있어, 보이지만 보이지 않는데, 그 죄와 사악함이 참으로 끔찍한 자들이야."

보안관은 똑바로 앉으며 말했다. "가족요? 게다가 사악하다고?" 그는 연필을 손에 들었다. "그게 어딥니까?"

"그들이 사는 곳은―." 거친 남자는 말을 멈추었다. 무언가 명치를 때린 것만 같았다. 번쩍이는 빛이 눈을 태웠다. 그는 비틀거렸다.

"이름을 알려줄 수 있습니까?" 살짝 흥미가 돋은 보안관이 말했다.

"그들의 이름은―." 다시 한 번 끔찍한 충격이 복부를 강타했다. 교회 종소리가 폭발하듯 울렸다!

"세상에, 당신 목소리, 목소리가!" 존이 울부짖었다.

"내 목소리요?"

"그 목소리는―." 존은 보안관의 얼굴이 있는 방향으로 손을 뻗으며 말했다. "마치―."

"말씀해보시죠."

"그년의 목소리야. 그년이 당신 눈 뒤에, 당신 얼굴 뒤에, 당신 혀 안에 있다고!"

"그거 놀랍군요." 보안관이 웃음을 머금으며, 끔찍할 정도로 부드럽고 달콤한 목소리로 대꾸했다. "이름을, 가족을, 장소를 말씀해주신다고 하셨지요—."

"소용없어. 그년이 여기 있다면. 당신 혀가 그년의 혀라면. 세상에!"

"시도는 해보시죠." 보안관의 얼굴 속에서 부드럽고 달콤한 목소리가 울렸다.

"그 가족은!" 남자는 비틀거리며 울부짖었다. "그 저택은!" 그는 다시 심장을 얻어맞고는 뒤로 넘어졌다. 종소리가 굉음처럼 울렸다. 교회 종소리가 쇠로 만든 추처럼 그를 두들겼다.

그는 이름 하나를 뱉었다. 장소 하나를 소리쳐 말했다.

그리고 도망치는 것처럼 경찰서에서 뛰쳐나갔다.

한참 시간이 흐른 후 보안관의 표정이 풀어졌다. 목소리가 바뀌었다. 낮고 퉁명스러운 목소리로, 당황해서 무언가를 떠올리려 애썼다.

"방금 누가 뭐라고 하지 않았던가?" 그는 중얼거렸다. "젠장, 빌어먹을. 그 이름이 뭐였더라? 어서, 지금 떠오를 때 적어야지. 그리고 저택이라고? 어디라고 했더라?"

그는 손에 쥔 연필을 내려다보았다.

"아, 맞아." 마침내 그는 말했다. 그리고 다시, "그래."

연필이 움직이며 글자를 새기기 시작했다.

다락방으로 통하는 바닥 문이 위로 활짝 열리며, 잔혹하고 부정한 남자가 들어왔다. 그는 꿈꾸고 있는 세시의 몸을 내려다보며 섰다.

"이 종소리." 그는 손으로 귀를 막으며 외쳤다. "네가 내는 거였구나! 처음부터 알았어야 했어. 내게 고통을 주려고, 벌을 주려고 했던 거야. 당장 멈춰! 우리가 너희를 태워버릴 테다! 폭도들을 끌고 올 테다. 빌어먹을, 머리가!"

그는 마지막으로 팔을 휘두르고는, 주먹을 귓구멍에 박아 넣고 그대로 죽어 쓰러져버렸다.

저택의 외로운 여인은 앞으로 나와 시체를 바라보았고, 그림자 속에 숨어 있던 티모시는 작은 동료들이 어쩔 줄 모르며 몸을 비틀다 숨어버리는 것을 느꼈다.

"아, 어머니." 잠에서 깨어난 세시의 입술에서 나직한 목소리가 울렸다. "멈추려고 노력했어요. 그런데 실패했어요. 우리 이름을, 우리 저택을 말해버렸어요. 보안관이 기억할까요?"

한밤중의 외로운 여인은 대답할 말을 몰랐다.

그림자에 숨어 있는 티모시는 귀를 기울였다.

저 멀리 있는 세시의 입술에서, 이제 가까이 있는 입술에서, 종소리가, 종소리가, 무시무시하고 성스러운 종소리가 울려 퍼졌다.

종이 울리고 있었다.

21장
먼지로 돌아가다

티모시는 꿈속에서 몸을 뒤척였다.

찾아온 악몽은 쉽사리 떠나가지 않았다.

소년의 머릿속에서 지붕에 불이 붙었다. 창문이 떨리다가 부서져 나갔다. 저택 전체를 수많은 날개들이 휩쓸고 지나가면서, 유리창에 대고 퍼덕이다 마침내 산산이 부숴버렸다.

티모시는 비명을 지르며 벌떡 일어나 앉았다. 거의 즉시 단어 하나가, 그리고 뒤이어 수많은 단어가 뒤얽혀 소년의 입에서 쏟아져 나왔다.

"네프. 먼지의 마녀. 먼 옛날의 천 번 고조할머니…… 네프……."

그녀가 소년을 부르고 있었다. 정적만이 흐르고 있었지만, 분명 부르고 있었다. 불길과 거센 날갯짓과 깨진 유리창을 알고 있는 것이 분명했다.

소년은 한참을 그렇게 앉아 있다가 움직이기 시작했다.

"네프…… 먼지…… 천 번 고조할머니……."

가시 면류관이나 겟세마네 동산, 텅 빈 무덤이 생겨난 시대로부터 2천 년 전에 죽음 속으로 태어난 여인. 네프, 네페르티티의 어머니. 검은 배를 타고 아무도 없는 갈릴리의 산을 지나, 메이플라워호가 정박한 플리머스 바위를 스치고 지나간 후, 육로를 따라 계속 항해하여 일리노이 북부의 리틀포트에 도착해, 그랜트의 황혼의 돌격과 리의 새벽의 퇴각그랜트는 미국 남북전쟁에서 북부군을, 리는 남부군을 지휘했다을 모두 겪고도 살아남은 왕족의 미라. 어둠의 가족의 장례식을 축하하기 위해 찾아와 자리 잡은 그녀는 시간의 흐름에 따라 방에서 방으로, 층에서 층으로, 계속 옮겨 다녔다. 그러다 마침내 삼베 밧줄로 엮은, 담뱃잎처럼 갈색으로 변한 고대의 유물은 발사 목재처럼 반짝 들려 꼭대기 다락방으로 올라와서는 천으로 덮인 채 잊혀버렸다. 살아남기에 급급하고, 남은 죽음의 잔여물을 잊어버리게 된 가족에 의해서.

다락방의 정적과 공기 중에 흩날리는 금빛 입자들 속에 버려진 채로, 어둠을 자양분처럼 빨아들이고 조용하고 고요하게 숨을 내쉬면서, 고대의 방문객은 누군가 찾아와 주변에 쌓인 연애편지며 장난감이며 반쯤 녹은 양초며 촛대를, 누더기가 된 치마며 코르셋이며 승리가 패배로 연결된 전쟁의 소식이 표제로 박힌, 순식간에 잊힌 과거가 담긴 신문 따위를 치워주기를 바라고 있었다.

누군가 잡동사니 더미를 파헤치고, 뒤지고, 찾아내주기를 바라고 있었다.

티모시를 부르고 있었다.

소년은 몇 달 동안 그녀를 방문하지 않았다. 몇 달이나. 아, 네프. 소년은 생각했다.

티모시가 찾아와 잡동사니를 뒤지고, 파헤치고, 사방으로 던져내자 네프의 얼굴이 신비로운 섬처럼 떠올랐다. 꿰매 감은 눈이 가을의 낙엽 같은 책, 법률 서류, 가느다란 생쥐 해골로 이루어진 액자 속에 갇혀 있었다.

"고조할머니! 용서해주세요!" 소년은 소리쳤다.

"너무…… 소리가…… 크구나……." 4천 년이라는 세월 너머에서, 그녀의 목소리가 복화술사가 띄엄띄엄 발음하는 음절처럼 고요히 울렸다. "그러다간…… 내가…… 부서질…… 게다……."

그 말대로 붕대로 감싼 어깨에서 마른 모래가, 가슴판 위의 히에로글리프가 피부처럼 벗겨져 떨어졌다.

"잘 보아라……."

먼지 한 줌이 소용돌이를 이루며 글자가 가득 적힌 가슴 위를 훑고 지나갔다. 생명과 죽음의 신들이 무성하게 자라난 고대의 곡물처럼 뻣뻣하게 일렬로 서 있는 곳을.

티모시의 눈이 활짝 열렸다.

"저거, 설마." 소년은 성스러운 짐승들이 뛰노는 벌판에 나타난 아이의 얼굴을 어루만졌다. "이게 저인가요?"

"물론…… 그렇단다."

"왜 저를 부르신 거예요?"

"그건…… 이제…… 끝이…… 찾아왔기…… 때문이란다." 단어들이 금빛 부스러기처럼 느릿하게 그녀의 입술에서 떨어져 내렸다.

티모시의 가슴 속에서 토끼가 달음질하는 것처럼 거센 박동이 울리기 시작했다.

"뭐가 끝나는 건데요?"

먼 옛날의 여인의 꿰매 감은 눈꺼풀 한쪽이 들려 올라가며, 가는 틈새로 그 안에 박힌 수정이 반짝였다. 티모시는 반짝이는 빛이 닿은 다락방 들보를 멍하니 올려다보았다.

"여기가요? 우리 집이?" 소년은 물었다.

"……그래." 속삭이는 소리가 답했다. 그녀는 다시 눈을 감았지만, 이번에는 반대쪽 눈꺼풀을 열고 빛을 내뿜었다.

그녀는 떨리는 손가락으로 가슴의 상형문자 위를 더듬으며, 거미처럼 부드럽게 건드리며 속삭였다.

"이건……."

티모시는 놀라 소리쳤다. "에이나르 아저씨잖아요!"

"날개를 가진 아이 말이니?"

"같이 날았던 적이 있어요."

"소중한 재능이지. 그럼 이건?"

"세시네요!"

"이 아이도 날 줄 알지?"

"날개는 없지만요. 정신을 다른 곳으로 보내는데—."

"유령처럼?"

"그래서 귓속으로 들어가서 눈을 통해 볼 수 있어요!"

"그럼 이건?" 거미 같은 손가락이 떨렸다.

그녀가 가리킨 곳에는 아무 기호도 보이지 않았다.

"아." 티모시는 웃음을 터트렸다. "그건 제 사촌 란이에요. 투명인간이죠. 날아다닐 필요가 없어요. 어딜 가도 아무도 모르니까요."

"운 좋은 아이로구나. 그럼 이것과 이것과 또 이건?"

그녀의 메마른 손가락이 계속 움직이며 상형문자 위를 할퀴었다.

그리고 티모시는 모든 숙부와 숙모와 사촌과 조카를, 이 저택에 영원히, 또는 백 년 동안 살아오며 험악한 날씨나 폭풍우나 전쟁을 겪어온 사람들의 이름을 입에 올리기 시작했다. 서른 개의 공간에 가득한 거미줄과 밤꽃과 흘러나온 심령체가 거울 속에 어른거리며, 유령박각시나 무덤잠자리가 허공을 이리저리 오가며 창문을 활짝 열어 쏟아져 들어오는 어둠에 쓸려나가는 모습이 보였다.

티모시는 히에로글리프로 새긴 얼굴의 이름을 하나씩 댔고, 고대의 여인은 가루가 떨어지는 머리를 아주 약간씩 끄덕이다 이내 마지막 히에로글리프에 도달했다.

"내가 만지고 있는 게 어둠의 소용돌이가 맞지?"

"네, 맞아요. 이 저택이에요."

그 말대로였다. 그곳에는 이 저택 자체가, 청금석 돋을새김이 되고 호박과 황금으로 테두리를 친 모습으로, 게티즈버그에 링컨의 목소리가 존재하지 않았을 때 그러했을 것처럼 고요히 자리 잡고 있었다.

소년이 지켜보는 앞에서 화려한 돋을새김이 갈라지며 벗겨져 나가기 시작했다. 지진이 테두리를 뒤흔들고 금빛 창문에는 어둠이 내리덮였다.

"오늘 밤이다." 먼지 속에서 혼잣말처럼 중얼거리는 소리가 들렸다.

"하지만 이렇게 오래 버텼는데요. 왜 하필 지금이에요?" 티모시가 소리쳤다.

"발견과 폭로의 시대니까. 허공을 타고 전해지는 그림 때문에. 바람 속에 울리는 소리 때문에. 여러 사람이 보는 모습 때문에. 모두가 듣는 소리 때문에. 수천만이 무리를 지어 이동하는 여행자들 때문에. 도망칠 데가 없단다. 허공을 넘나드는 소리가, 빛살을 타고 전해져 아이들과 아이들의 부모가 함께 둘러앉아 바라보는 그림이 우리의 위치를 밝혀주니까. 메두사가, 곤충의 더듬이가 뒤얽힌 두건을 쓴 자가, 모든 것을 알려주고 벌을 내린단다."

"무엇 때문에요?"

"이유는 필요 없지. 그저 시간을 알려주기 위해, 아무 의미 없는 자명종 소리와 주일 여행을 위해, 하룻밤어치의 공포를 위해, 아무도 원하지 않는 죽음과 파괴를 전달해주는 거란다. 아이들과 그 뒤에 자리 잡은 부모는 아무도 원하지 않는 소문과 필요 없는 모략이라는 차가운 주문에 걸려 얼어붙어 있는 게지. 아무 이유도 없어. 바보가 지껄이고, 멍청이가 추측하는 행위만으로도 우리는 부서져 나가는 거란다."

"부서지는 거야……." 그녀의 목소리가 울렸다.

그리고 그녀의 가슴 위 저택과 소년의 머리 위 저택의 들보가 동시에 흔들리며, 앞으로 찾아올 지진의 전조를 알렸다.

"홍수가 일어날 거란다……. 물이 차오를 게야. 인간들이 해일처럼 밀려들 거다……."

"우리가 뭘 했다고요?"

"아무것도 하지 않았지. 그저 살아남았을 뿐이란다. 하지만 우리를 익사시키러 오는 자들은 우리가 수 세기 동안 생명을 유지했다는 사실을 질투하는 거지. 다르기 때문에 씻어내야만 하는 거란다. 조용히 해보렴!"

그리고 다시 그녀의 히에로글리프가 흔들리고 다락방은 거센 파도를 맞닥뜨린 배처럼 힘겨운 삐걱 소리를 냈다.

"우린 어떻게 해야 돼요?" 티모시가 물었다.

"사방으로 도망쳐야지. 뿔뿔이 흩어져 도망치면 모두 추격할 수는 없을 게다. 자정까지 집을 비워야 한단다. 그들이 횃불을 들고 찾아오기 전에."

"횃불이요?"

"언제나 횃불로 태워버리는 것 아니었니?"

"그렇죠." 티모시는 문득 떠오른 기억에 사로잡혀 자기도 모르게 혀를 놀렸다. "영화를 본 적이 있어요. 불쌍한 사람들이 도망치고, 그 뒤를 쫓아가는 사람들이 있었죠. 횃불로 태우려고 했어요."

"그렇지. 그럼 이제 네 누나를 불러보아라. 세시가 다른 사람들에게 경고를 해줘야 할 테니까."

"그건 이미 끝냈어요!" 허공에서 목소리가 들렸다.

"세시?"

"우리와 함께 있구나." 먼 옛날의 여인이 갈라지는 목소리로 말했다.

"그럼요! 전부 들었는 걸요." 들보에서, 창문에서, 옷장에서, 아래로 내려가는 계단에서 목소리가 들려왔다. "저는 모든 방에, 모든 생각에, 모두의 머릿속에 있어요. 벌써 서랍도 전부 비우고 짐도 전부 꾸렸는 걸요. 자정이 오기 한참 전에 저택은 텅 비어버릴 거예요."

눈에 보이지 않는 새 한 마리가 티모시의 눈꺼풀과 귓바퀴를 스치고 지나가 그의 시선 뒤에 깃들이더니, 눈을 깜빡이며 네프를 바라보았다.

"정말로 아름다운 분이 여기 있네요." 세시가 티모시의 목구멍과 입을 놀려 말했다.

"말도 안 되는 소리! 날씨가 바뀌고 홍수가 찾아올 거라 생각하는 이유를 하나 더 듣고 싶으니?" 고대의 여인이 말했다.

"물론이죠." 티모시는 누나가 자신의 눈이라는 창문 안에서 지그시 몸을 기대는 부드러운 감각을 느꼈다. "말씀해주세요, 네프."

"그들이 나를 싫어하는 이유는, 내가 죽음에 관한 온갖 지식을 담고 있는 존재이기 때문이란다. 그들에게 있어 이 지식은 유용한 짐이 아니라 저주일 뿐이거든."

"그러면." 티모시가 시작한 말을 세시가 끝맺었다. "그러면 죽음을 기억할 수 있는 건가요?"

"그럼, 물론이지. 하지만 그런 일은 죽은 자에게만 가능하단다. 살아 있는 존재들은 장님일 뿐이지. 하지만 세월에 몸을 적시고 대지의 자식으로 다시 태어나 영원을 상속하게 된 우리는, 모래의 강과 어둠의 냇물에 부드럽게 떠다니는 우리는, 수백만 년이 걸려 도착해 대지에 쏟아져 내리는 별빛을 알고, 겹겹이 쌓인 지층과 사암층 위에 음각으로 새겨진 날개 달린 파충류의, 백만 년만큼 넓고 단 한 번의 숨결처럼 얇은 날개를 가진 짐승의 골격 아래 영원에 감싸인 채 씨앗처럼 묻힌 영혼들을 찾아낼 수 있단다. 우리는 시간의 파수꾼이니까. 지상을 걷는 이는 오직 한 순간밖에, 다음으로 숨을 내쉴 때면 사라져버리는 그 시간밖에는 모르지. 움직이며 살아가기 때문에 지킬 수는 없는 거란다. 우리는 어둠 속 기억의 낱알들이란다. 우리의 장례용 단지는 우리가 품고 있던 빛이나 박동을 멈춘 심장만을 보관하는 것이 아니라, 우리 안의 우물을, 네가 상상할 수 있는 것보다 훨씬 깊은 비밀의 공간을 감추고 있단다. 시간 속에 사라진 모든 죽음을, 인간이 새로운 육신이 살 거처를 마련하고 돌을 쌓아 계속 위로 올라갈수록, 우리는 계속 아래로 내려간단다. 황혼에 물들고, 밤의 어둠에 감싸인 채로. 우리는 계속 쌓아 나가며, 작별할 때는 항상 분별한단다. 4백억 생명의 죽음은 엄청난 지혜라고 생각하지 않니? 그리고 대지 아래 차곡차곡 보관된 그 4백억 개의 죽음이, 지금 살아 있는 이들이 삶을 누리기 위해 반드시 필요한 훌륭한 선물이라고 생각하지 않니?"

"그럴 수도 있겠네요."

"그 정도가 아니라, 그게 진실이란다. 내가 그 모든 지식을 가르쳐주마. 살아 있는 이들에게 필요한 지식을, 오로지 죽음만이 세상을 해방해 다시 태어나게 할 수 있기 때문에 중요한 지식을 가르쳐주마. 그게 네 달콤한 짐이 될 거란다. 그리고 오늘 밤 네 임무가 시작되는 거란다. 바로 지금부터!"

바로 그 순간 그녀의 금빛 가슴팍 가운데 달린 메달이 달아오르고, 빛이 천장으로 뿜어져 나왔다. 마치 여름날 허공을 날아다니며 위협하는 벌 떼처럼, 섬광처럼 가득 몰려 움직이며 메마른 빛을 뿜어냈다. 빛과 열기가 다락방 안을 가득 메우며 휘감아 돌았다. 모든 마루판이, 지붕널이, 대들보가 신음 소리를 내며 커져갔다. 티모시는 손과 팔을 높이 휘둘러 벌 떼를 쫓아내려 애쓰며 타오르는 네프의 가슴을 바라보았다.

"불이에요! 횃불이에요!" 소년이 소리쳤다.

"그래." 아주 나이 많은 여인은 목쉰 소리로 속삭였다. "횃불로 태우는 거다. 아무것도 남지 않아. 모두 타버릴 거다."

그 말과 함께, 게티즈버그미국 남북전쟁 최대 격전지와 애퍼매톡스남북전쟁에서 남부군이 항복한 곳보다 훨씬 전부터 존재했던 건물이 그녀의 가슴판 위에서 연기에 휩싸였다.

"아무것도 남지 않을 거야!" 세시가 모든 곳에서 일제히 소리

첬다. 들보를 그을리기 위해 부딪쳐 들어가는 반딧불과 여름철 벌 떼처럼. "모두 사라질 거야!"

티모시는 눈을 깜빡이며 몸을 숙여 날개 달린 남자를, 잠들어 있는 세시를, 보이지 않는 삼촌을(구름이나 눈보라 속을 지나칠 때의 바람처럼, 또는 어두운 밀밭을 지나가는 늑대처럼, 또는 달을 삼킬 듯 이리저리 날아다니는 박쥐처럼 지나갈 때를 제외하고는 완전히 투명한 사람이었다), 그리고 그 외 스무 명이 넘는 숙모와 삼촌과 사촌들이 길을 따라 도시 반대편으로 도망치는 모습을 지켜보았다. 하늘 높이 날아올라 멀리 떨어진 나무에 안전하게 깃들이는 이들도 있었다. 그러는 동안 광기에 빠진 폭도들은 횃불을 높이 쳐든 채 나이 든 네프 미라의 해진 가슴팍 위로 쏟아져 나왔다. 티모시는 창밖에서 진짜 폭도들이 횃불을 들고 저택으로 향하는 모습을 볼 수 있었다. 거꾸로 흘러 산 위로 올라오는 용암처럼, 걸어서, 자전거를 타고, 차를 타고, 목구멍을 가득 메우는 고함 소리를 폭풍우처럼 울리면서.

티모시는 마치 추를 계속해서 떨어트리는 천칭처럼 마루 널이 흔들리는 것을 느꼈다. 백 파운드짜리 추가 일흔 번 떨어지는 것처럼, 모두 베란다를 뛰어넘어 밖으로 나갔다. 모두가 떠나 해골만 남은 저택은 몸을 떨며 높이 솟았고, 바람이 텅 빈 방을 휩쓸며 남은 모든 것들을 빨아들이고 유령 커튼을 흔들고 횃불과 불길과 광기에 달뜬 폭도들을 받아들이기 위해 정문을 안으로 활짝 열었다.

"모두 끝이야." 세시가 마지막으로 소리쳤다.

그리고 그녀는 그들의 눈과 귀와 육체와 정신을 떠나서, 아래 놓인 자신의 몸으로 돌아간 다음, 가볍게, 빠르게, 잔디밭 위에 아무 흔적도 남기지 않고 그대로 달려가버렸다.

수많은 일이 일제히 일어났다. 저택 사방에서 온갖 일이 동시에 벌어지고 있었다. 굴뚝 연통을 통해 바람이 빠져나갔다. 아흔아홉 개 또는 백 개의 굴뚝이 일제히 한숨 또는 신음 또는 애도의 소리를 울렸다. 지붕널이 사방으로 날아가기 시작했다. 날갯짓 소리가 사방에 울렸다. 흐느끼는 소리도 들렸다. 모든 방이 텅 비어가고 있었다. 그 모든 흥분과 움직임과 소용돌이 속에서, 티모시는 천 번 고조할머니의 목소리를 들었다.

"이제 어쩔 거냐, 티모시?"

"무슨 말씀이세요?"

그녀는 말을 이었다. "한 시간만 있으면 집은 텅 비어버릴 거란다. 너 혼자만 여기 남아 기나긴 여행을 준비하게 되겠지. 나는 너와 함께 여행 하고 싶구나. 여행길에 대화는 별로 나누지 못할지도 모르지만 말이다. 하지만 떠나기 전에, 이 모든 일이 벌어지는 가운데에서, 한 가지 물어보고 싶구나. 아직도 우리처럼 되고 싶으냐?"

티모시는 잠시 머뭇거리다 마침내 입을 열었다. "그건—."

"똑바로 말해라. 네가 무슨 생각을 하는지는 알지만, 제대로 입에 담아야 한단다."

"아뇨. 여러분처럼 되고 싶지 않아요." 티모시가 말했다.

"그게 지혜에 이르는 길일까?" 천 번 고조할머니가 말했다.

"저도 몰라요. 지금까지 생각을 쭉 해봤어요. 가족 모두를 지켜보고 나니, 사람들이 언제나 그랬던 것처럼 사는 쪽이 나을지도 모른다는 생각이 들었어요. 제가 어떻게 태어났는지를 깨달으려면 죽을 수밖에 없다는 사실을 받아들여야만 하는 삶을요. 여러분을, 가족 모두를 보고 있으면, 그 오랜 세월이 아무 소용이 없다는 생각이 들어요."

"무슨 뜻이지?" 고조할머니가 물었다.

거센 바람이 몰아치며 불똥을 튀겼고, 마른 붕대에 그슬린 자국이 생겼다.

"그러니까, 여러분은 행복한가요? 그걸 모르겠어요. 저는 슬픈 기분만 들거든요. 때론 한밤중에 깨어나서 울곤 해요. 여러분은 아주 오랜 시간을 사는데, 끝없는 시간이 있는데, 그 모든 시간을 써도 별로 행복한 것 같지가 않거든요."

"아, 그렇지. 시간은 무거운 짐이니까. 우린 너무 많은 것을 알고 너무 많은 것을 기억한단다. 너무 오래 산 것이 분명하지. 가장 좋은 방법은 말이다, 티모시, 네가 얻은 새로운 지혜를 이용해 충실한 삶을 사는 거란다. 매 순간을 즐기다가 오랜 세월이 흐른 후 자리에 누워서 행복한 기분으로 모든 순간을, 모든 시간을, 흘려보낸 매년을 충실하게 살았고, 우리 가족의 사랑을 받았음을 떠올리는 거지. 자, 그럼 떠날 준비를 하자꾸나."

"이제 네가 나를 구원할 차례란다, 우리 아가. 나를 들고 움직이렴." 나이 든 네프가 속삭였다.

"그건 무리예요!" 티모시가 소리쳤다.

"나는 민들레 씨앗이자 엉겅퀴 솜털이란다. 네 숨결만으로도 허공에 떠오르고, 네 심장 박동이 양분을 제공해주지. 자, 어서!"

그 말대로였다. 소년의 숨결이 닿자, 그저 손으로 건드리기만 하자, 구세주보다 훨씬 전에, 홍해가 갈라지기도 전에 미라를 감쌌던 붕대가 허공으로 풀려 올라갔다. 꿈과 해골의 꾸러미를 자신의 힘으로 나를 수 있다는 것을 깨달은 티모시는, 그대로 흐느끼며 달리기 시작했다.

날갯짓 소리가 울리고 반짝이는 영혼이 천 조각처럼 날아가는 속에서, 빛을 가리는 먹구름이 계곡으로 몰려와 모든 것을 위로 빨아올리기 시작했다. 아흔아홉 개 또는 백 개의 모든 굴뚝이 일제히 숨을 뱉으며 비명을 질렀고, 검댕과 바람이, 헤브리디스제도에서 날아온 바람이, 멀리 토투가에서 날아온 공기가, 캔자스 어딘가에서 찾아온 폭풍이 일제히 뿜어져 나왔다. 열대와 한대의 공기가 화산처럼 분출해서 허공에 떠 있는 구름을 연달아 두드려댔고, 구름은 결국 견디지 못하고 부서져 빗줄기를 뿌리기 시작했다. 가랑비는 이내 폭우로 변하더니, 이윽고 존스타운을 휩쓸어버린 홍수가 되어 모든 것을 적시고 불길을 끄고 저택을 검게 그을리고 반쯤 무너진 모습으로 만들어버렸다.

그리고 부서진 저택이 폭우 속에 잠기는 것과 함께 폭도들의 분노 또한 사그라졌는지, 사람들은 작은 무리를 이루어 흩어져, 물을 흘리며 터덜터덜 집으로 향하기 시작했다. 텅 빈 껍데기를 씻어내는 일은 폭풍우에 맡긴 채로. 커다란 화덕과 굴뚝이 하나 남아서, 아무것도 남지 않은 어스름 속에 기적적으로 홀로 서서 소리를 울리고 있었다. 각목 몇 개와 잠든 이의 숨결에 몸을 의지한 채로.

그곳에 세시가 깃들여 있었다. 그 모든 소동을 웃으며 바라보면서, 수천 명의 가족들에게 이리 날아가라고, 저리 걸어가라고, 바람에 몸을 맡기라고, 대지의 중력에 몸을 맡기라고, 나뭇잎이 되라고, 거미줄이 되라고, 형체 없는 발자국이 되라고, 입술 없는 웃음이 되라고, 입이 없는 송곳니가 되라고, 뼈가 없는 털가죽이 되라고, 새벽녘 물안개의 장막이 되라고, 굴뚝 안에 깃들인 보이지 않는 영혼이 되라고 신호를 보내고 있었다. 모두 귀를 기울이라고, 당신은 동쪽으로, 당신은 서쪽으로, 나무에 깃들이라고, 잔디밭에 몸을 뉘이라고, 종달새를 타고 날아가라고, 개들과 함께 흔적을 쫓으라고, 고양이들의 관심을 끌라고,

우물 두레박 속에 도사리라고, 밭이랑을 침대로 삼고 밭둑을 베 개로 삼아서 누우라고, 벌새들과 함께 동틀 무렵에 깨어나라고, 해 질 무렵의 벌들과 함께 벌집에 숨어들라고, 모두 그렇게 깃 들이라고!

그리고 마지막 남은 빗줄기가 불타고 남은 저택의 껍데기를 마지막으로 씻어 내리고 멈추자, 그곳에는 사그라드는 연기와 절반의 저택만이, 절반의 심장과 절반의 허파와 그들의 꿈을 인 도하는 세시만이, 그들의 종잡을 수 없는 목적지를 향해 영원히 신호를 보내는 세시만이 남았다.

그렇게 모두 떠났다. 모두 꿈의 흐름을 타고 멀리 떨어진 마 을과 숲과 농장으로 사라졌고, 어머니와 아버지는 속삭임과 기 도를, 작별 인사를 눈보라처럼 그들에게 실어 보냈다. 언젠가 돌아올 것을, 그들이 버려두고 떠나는 아들을 찾아내서 다시 한 번 포옹할 것을 약속하면서. 안녕, 안녕, 아, 그래, 작별이야. 그 들의 외침이 사그라들었다. 이제 세시만이, 더 우울한 작별 인 사를 청하는 세시의 목소리만이 남았다.

티모시는 눈물이 고인 눈으로 모든 것을 보고 모든 것을 깨 달았다.

저택 위의 하늘은 불똥과 연기에 물들고, 먹구름이 달을 가렸 다. 1마일쯤 떨어진 곳까지 나온 티모시는 수많은 사촌들과 어 쩌면 세시도 잠시 숨을 돌리며 쉬어 갔을 나무 아래 걸음을 멈추었다. 금방이라도 무너질 것만 같은 고물 자동차 한 대가 그 앞에 멈추더니, 농부 한 명이 고개를 내밀고 멀리 보이는 불길과 가까이 보이는 소년을 번갈아 바라보았다.

"저건 뭐니?" 그는 타오르는 저택 쪽을 코끝으로 가리키며 물었다.

"저도 알고 싶네요." 티모시가 말했다.

"뭘 나르는 중이니, 얘야?"

남자는 티모시가 옆구리에 끼고 있는 길쭉한 꾸러미를 눈살을 찌푸리며 바라보았다.

"이것저것 모으는 거예요." 티모시가 대답했다. "오래된 신문. 만화. 옛날 잡지. 의용 기병대가 생기기 전 물건들도 있어요. 남북전쟁 이전 것도 있고요. 쓰레기하고 잡동사니들이죠." 옆구리에 낀 꾸러미가 밤바람에 부드럽게 흔들렸다. "귀중한 잡동사니예요. 훌륭한 쓰레기죠."

"나도 한때 그런 걸 모았지." 농부는 나직하게 웃음을 흘렸다. "이젠 아니지만. 태워줄까?"

티모시는 고개를 끄덕였다. 소년은 다시 한 번 저택을, 불똥이 반딧불처럼 밤하늘로 날아오르는 모습을 바라보았다.

"얼른 타라."

그리고 그들은 사라졌다.

22장
기억하는 이의 이야기

아주 오랫동안, 며칠 그리고 몇 주 동안, 마을 위 높이 솟은 언덕에는 아무도 살지 않았다. 비가 내리고 벼락이 내리칠 때면, 지하실로 내려앉은 불탄 목재에서, 또는 파묻힌 포도주 통을 몸으로 감싸고 있는 검게 탄 해골 위로 무너져 내린 다락방 대들보에서 한 줄기 연기가 피어오르곤 했다. 연기가 남지 않으면 장막과 구름을 이루며 일어나는 먼지가 남았고, 그 안에서 환영이, 저택의 추억이, 아른거리며 흔들리다가 갑자기 놀라서 꿈에서 깨는 것처럼 흐릿하게 사라지곤 했다. 그리고 그 또한 이내 사라져버렸다.

한참 시간이 흐른 후, 젊은이 하나가 꿈에서 깨어나는 것처럼, 고요한 바다의 잔잔한 파도를 타고 낯선 땅에 발을 내디디고 기묘한 풍경을 둘러보는 것처럼, 길을 따라 걸어와 버려진 저택을 물끄러미 바라보았다. 그 저택에 무엇이 담겨 있었는지를 한때 알았지만 지금은 기억이 나지 않는 얼굴로.

바람이 앙상한 나뭇가지를 스치고 지나가며 질문을 속삭였다. 젊은이는 귀를 기울이다 이내 대답했다.

"톰, 나는 톰이에요. 나를 알고 있나요? 나를 기억하나요?"

나뭇가지가 뭔가를 기억하는 듯 몸을 떨었다.

"이리 오는 중인가요?" 젊은이가 말했다.

거의 다 왔어. 속삭이는 대답 소리가 들렸다. **왔을까. 안 왔을까.** 그림자가 일렁였다.

저택의 정문이 끼익 소리를 내며 바람에 밀리듯 천천히 열렸다. 젊은이는 위로 향하는 계단의 아랫단에 도착했다.

저택 가운데 있는 굴뚝 연통 안에서는 온화한 날씨가 숨 쉬는 소리가 들렸다.

"들어가서 기다리면, 어떻게 할 건데요?" 젊은이는 이렇게 말하고, 대답을 기다리며 조용히 열려 있는 저택의 거대한 정문을 바라봤다.

경첩에 매달린 채로 정문이 흔들렸다. 얼마 남지 않은 유리창이 부드럽게 창문틀 안에서 흔들리며, 갓 떠오른 저녁 별을 비추었다.

젊은이는 귀를 기울였지만, 확실한 대답은 들려오지 않았다.

들어가. 기다려.

그는 계단 아랫단에 발을 올리고 머뭇거렸다.

그를 가까이 이끌려는 듯, 저택의 무너진 목재가 기울어지며 물러섰다.

젊은이는 한 걸음을 더 내딛었다.

"모르겠어요. 누구요? 누굴 찾아야 한다고요?"

침묵이 흘렀다. 저택은 기다렸다. 바람은 나무에 깃들인 채 기다렸다.

"앤? 맞나요? 아니군요. 이미 오래전에 가버렸죠. 하지만 다른 사람이 있었군요. 이름이 기억이 날 것도 같은데. 뭐라고 하셨죠⋯⋯?"

저택의 불탄 목재가 초조하게 신음 소리를 흘렸다. 젊은이는 세 번째 단을 올라가다 그대로 끝까지 올라가 걸음을 멈추었다. 활짝 열린 문에서 불어오는 날씨의 숨결이 몸의 균형을 잃게 만들었다. 마치 그를 안으로 끌어들이는 것처럼. 그러나 젊은이는 눈을 감은 채 꼼짝 않고 서서, 눈꺼풀 안쪽에 비치는 그림자로 된 얼굴을 확인하려 했다.

이름이 거의 생각날 것만 같아. 그는 생각했다.

들어와, 들어와.

젊은이는 안으로 걸음을 옮겼다.

그 즉시 저택은 아주 약간, 사분의 일 인치 정도 내려앉았다.

마치 밤이 그 위로 올라탄 것처럼, 또는 구름의 무게가 꼭대기 다락방 지붕 위에 걸린 것처럼.

꼭대기 다락방에는 육신 속 잠의 꿈이 깃들여 있었다.

"거기 누군가요?" 젊은이는 조용히 불렀다. "어디 있는 거예요?"

다락방의 먼지가 그림자의 움직임에 따라 살짝 일어났다가 그대로 내려앉았다.

"아, 그래, 그렇군요." 젊은이가 마침내 입을 열었다. "이제 알겠어요. 그 축복받은 이름을."

젊은이는 층계 아래로, 달빛 속에서 기다리고 있는 저택의 다락방으로 오르는 계단 앞으로 다가갔다.

그리고 심호흡을 했다.

"세시." 마침내 그가 말했다.

저택은 몸을 부르르 떨었다.

계단 위에서 달빛이 반짝였다.

소년은 계단을 오르기 시작했다.

"세시." 소년이 마지막으로 중얼거렸다.

정문이 천천히, 아주 느리게 바람에 흔들리더니, 그대로 움직여 아무 소리 없이 닫혔다.

23장

선물

카르나크 외곽의 발굴지에서 방금 보내 온 사진을 살펴보고 있던 드와이트 윌리엄 올코트는 문 두드리는 소리에 고개를 들었다. 사진을 계속 살펴보느라 시각적으로 배가 터질 듯한 기분이 아니었더라면, 그는 문 두드리는 소리에 응답하지 않았을 것이다. 그는 신호로 감지될 만큼 충분히 분명하게 고개를 끄덕였고, 즉시 문이 열리며 벗어진 머리 하나가 안을 들여다보았다.

"조금 묘한 일이긴 합니다만" 조수가 말했다. "아이 하나가 찾아와서요⋯⋯."

"그건 분명 묘한 일이로군." D. W. 올코트는 이렇게 대꾸했다. "아이들이 찾아올 만한 곳이 아니니까. 미리 약속을 잡아놓은 건 아니겠지?"

"아닙니다. 하지만 자신이 가져온 선물을 박사님이 보시기만 하면 당장 약속을 잡아주실 거라고 말하고 있어요."

"약속 잡는 방식 치고는 괴상하군." 올코트가 중얼거렸다. "내가 만나볼 필요가 있을 것 같나? 남자아이이겠지?"

"영리한 남자아이입니다. 자기 말로는 고대의 보물을 가지고 있다고 하던데요."

"보물이라니, 나한테는 너무 과분한데!" 박물관 학예사인 올코트는 웃음을 터트렸다. "들여보내게."

"벌써 들어왔어요." 티모시는 문으로 몸을 반쯤 밀어 넣은 채 이렇게 말하고는, 옆구리 가득 바스락거리는 물건을 낀 채로 앞으로 달려 나왔다.

"자리에 앉아라." D. W. 올코트가 말했다.

"괜찮으시다면 서 있을게요. 하지만 이쪽은 의자가 두 개 필요하실지도 몰라요."

"의자 두 개?"

"괜찮으시다면요, 선생님."

"남는 의자 있으면 하나 가져오게, 스미스."

"알겠습니다, 박사님."

그리하여 두 개의 의자가 나란히 놓였고, 티모시는 길쭉하고 발사나무처럼 가벼운 선물을 들어서 양쪽 의자에 걸쳐놓았다. 자신이 가져온 꾸러미가 조명 아래 잘 보일 수 있도록.

"자, 그러면 젊은 친구—."

"티모시예요." 아이가 대꾸했다.

"티모시, 나는 바쁜 사람이란다. 온 이유를 설명해주겠니?"

"그럴게요, 선생님."

"그래."

"4400년의 세월이 흐르며 9억 명의 사람들이 죽었어요."

"세상에, 그건 어마어마한 숫자로구나." D. W. 올코트는 스미스를 향해 손짓했다. "의자 하나 더 가져오게." 의자가 하나 더 등장했다. "이제 진짜 앉아야겠구나, 얘야." 티모시는 자리에 앉았다. "다시 말해보아라."

"안 하는 게 좋을 것 같아요, 선생님. 아무래도 거짓말처럼 들리네요."

"그럼에도 불구하고 내가 너를 믿어야 할 이유가 있을까?" D. W. 올코트가 천천히 말했다.

"저는 정직한 사람의 얼굴을 가지고 있거든요."

이 박물관의 큐레이터는 상체를 앞으로 내밀고 소년의 창백하고 열의에 달뜬 얼굴을 살펴보았다.

"분명 그렇구나." 그는 이렇게 중얼거리고 말을 이었다.

"그래 뭘 가지고 온 거니?" 그는 꾸러미를 걸쳐, 관을 올리는 재단 같은 모습이 된 의자를 향해 고갯짓하며 말을 이었다. "파피루스가 뭔지는 알고 있니?"

"모르는 사람이 없을 걸요."

"남자아이들은 그렇겠지. 무덤 도굴이나 투탕카멘 같은 이야기들을 읽었을 테니까. 남자아이들은 파피루스가 뭔지 알겠지."

"맞아요, 선생님. 원하신다면 가까이 와서 보세요."

큐레이터가 그러고 싶은 것은 분명했다. 이미 자리에서 일어서 있었으니까.

그는 의자 앞에 도착해서 아래를 내려다보며 서류함을 뒤적이는 것처럼, 말린 담배를 한 잎 한 잎 분리해 펴는 것처럼 찬찬히 살폈다. 여기저기 사자 머리나 매의 몸통이 보였다. 그의 뒤적이는 손길이 점차 빨라지더니, 명치를 얻어맞은 것처럼 가쁜 숨을 몰아쉬기 시작했다.

"애야." 그는 마침내 입을 열고 심호흡을 내뱉었다. "이것들을 대체 어디서 찾았니?"

"이것들이 아니라, 이것 하나예요. 그리고 제가 찾은 게 아니에요. 이게 저를 찾은 거죠. 일종의 숨바꼭질 같은 놀이라고 했어요. 제가 일단 목소리를 들으니까 더는 숨지 않던데요."

"세상에." D. W. 올코트 박사는 숨을 헐떡이며 양손을 모두 사용해서 금방이라도 부서질 것처럼 바스락거리는 꾸러미의 '틈새'를 열었다. "이건 네 물건이지?"

"양쪽으로 모두 작용해요. 제가 이걸 소유하는 것처럼, 이것도 저를 소유하거든요. 우린 가족이니까요."

큐레이터는 소년의 눈을 물끄러미 바라보았다. "왠지 이번에도 믿을 수밖에 없구나."

"정말 다행이네요."

"뭐가 다행이라는 거니?"

"선생님이 믿어주지 않으셨다면 떠나야 했을 테니까요." 아이는 조금씩 물러서기 시작했다.

"아니, 아니다." 큐레이터가 소리쳤다. "그럴 필요 없다. 하지만 이 물건이 너를 소유하고 있다고, 친척인 것처럼 말하는 이유가 뭐니?"

"왜냐하면 이건 네프니까요, 선생님." 티모시가 말했다.

"네프?"

티모시는 손을 뻗어 붕대 한 조각을 젖혔다.

파피루스 꾸러미 사이의 빈 공간에서, 꿰매 감긴 눈이, 아주, 아주 늙은 여인의 눈이 보였다. 눈꺼풀 사이에 숨어 있는, 밖을 내다보는 숨겨진 골짜기가 보였다. 입술에서 먼지가 떨어졌다.

"네프를 소개할게요, 선생님. 네페르티티의 어머니죠."

큐레이터는 자기 의자로 돌아가서 수정 술 주전자 쪽으로 손을 뻗었다.

"혹시 포도주 마실 줄 아니, 애야?"

"오늘까지는 몰랐어요, 선생님."

티모시는 한참을 기다리며 조용히 앉아 있었고, 이내 D. W.

올코트 박사는 작은 술잔에 포도주를 따라 소년에게 건넸다. 함께 조용히 포도주를 홀짝이다가 결국 먼저 입을 연 것은 올코트 박사 쪽이었다.

"왜 이걸…… 아니, 그녀를 여기로 데려온 거니?"

"세상에서 단 하나뿐인 안전한 장소니까요."

큐레이터는 고개를 끄덕였다. "그건 맞는 말이구나. 그리고 너는……." 그는 잠시 말을 멈추었다. "네프를 지금 나한테 팔려는 거니?"

"아뇨, 선생님."

"그럼 뭘 원하는 거지?"

"그냥 네프가 여기 머물게 해주시고, 하루에 한 번씩 말을 걸어주셨으면 해요." 티모시는 부끄러움에 달아오른 얼굴로 신발을 내려다보았다.

"내가 그렇게 해줄 거라고 믿는 거니, 티모시?"

티모시는 고개를 들었다. "그럼요, 물론이죠. 약속한다면 지키실 거예요."

그리고 소년은 그대로 큐레이터의 얼굴에 시선을 고정시킨 채로 말을 이었다.

"하지만 그것만이 아니라, 이야기를 들어주실 거라고도 약속해주세요."

"이야기를 해주는 게로구나."

"아주 많이 해줘요."

"지금도 말하고 있니?"

"그럼요. 하지만 귀를 아주 가까이 대야 해요. 저는 이제 익숙해져 있어요. 선생님도 조금만 해보면 익숙해지실 거예요."

큐레이터는 눈을 감고 귀를 기울였다. 어디선가 낡은 종이가 바스락대는 소리가 들렸고, 그는 얼굴을 찌푸리고 계속 귀를 기울였다. "그녀가 보통 무슨 이야기를 하는 거니? 예를 들자면?" 그가 물었다.

"죽음에 대한 모든 것을 이야기해줘요, 선생님."

"모든 것?"

"제가 말한 것처럼, 4400년의 세월에 대해서요. 그리고 우리가 살아 있을 수 있도록 지금까지 죽어야 했던 9억 명의 사람들에 대해서요."

"죽은 사람의 수가 어마어마하구나."

"그렇죠, 선생님. 하지만 그래서 기뻐요."

"그건 무슨 끔찍한 소리야!"

"아니에요, 선생님. 그 사람들이 전부 살아 있었으면 우린 몸을 움직일 수도 없었을 거예요. 숨 쉴 수도 없었을 테고요."

"무슨 소린지 알겠다. 그녀가 그걸 전부 알고 있다는 거지?"

"그래요, 선생님. 네프의 딸은 '세상에서 가장 아름다운 이'였거든요. 그러니까 네프는 '기억하는 이'가 되는 거죠."

"사자의 서에 기록된 모든 역사를 완벽하게 들려줄 수 있는 영혼을 말하는 거니?"

"그런 것 같아요, 선생님. 그리고 다른 부탁이 하나 있어요." 티모시가 덧붙였다.

"그래, 뭐니?"

"괜찮으시다면 제가 원하는 때 들어올 수 있게 방문객용 카드를 만들어주셨으면 해요."

"아무 때나 방문할 수 있게?"

"폐관한 후에도요."

"그 정도는 주선해줄 수 있을 것 같구나, 얘야. 물론 몇몇 서류에 서명을 좀 받고 공증 절차가 필요하겠지만 말이다."

소년은 고개를 끄덕였다.

큐레이터는 자리에서 일어섰다.

"미련한 질문이지만 하나 물어보자꾸나. 네프는 지금도 이야기하는 중이니?"

"물론이죠, 선생님. 가까이 와보세요. 아뇨, 더 가까이요."

소년은 남자의 팔꿈치를 붙들고 부드럽게 끌었다.

멀리 카르나크 대신전 근처에서 사막의 바람이 한숨을 쉬었다. 멀리 거대한 사자의 앞발 위로 먼지가 내려앉았다.

"귀를 기울여보세요." 티모시가 말했다.

가족을 모으는 방법

내가 어디서 착상을 얻으며, 일단 착상을 얻으면 그걸 소설로 옮기는 데 얼마나 걸리는지를 묻는 질문에, 나는 이렇게 대답한다. 55년, 또는 9일 정도라고.

『시월의 저택』의 경우, 처음 집필에 착수한 때는 1945년이었으며 2000년에 들어서야 간신히 작업이 끝났다.

『화씨 451』의 경우, 월요일에 착상을 얻고서 9일 만에 단편의 형태가 완성됐다.

따라서 모든 것은 그 순간의 열정에 달려 있는 것이다. 『화씨 451』은 평범하지 않은 착상이었으며, 또한 평범하지 않은 시대, 즉 1950년대에 조지프 매카시와 함께 끝난 마녀사냥의 시대에 탄생한 소설이었다.

『시월의 저택』의 엘리엇 가족에 대한 착상은 내 어린 시절, 일곱 살 무렵에 시작되었다. 매년 핼러윈이 돌아오면 네바 고모는 나와 동생을 깡통 고물차에 쑤셔 넣은 다음, 시월의 시골로 나가 밭의 옥수숫대와 호박을 모으곤 했다. 우리는 모아들인 시월의 수확물을 조부모님의 집으로 가져가 구석마다 호박을 장식하고, 현관에 옥수숫대를 걸고, 계단에서 식탁까지 전부 낙엽을 깔아 걸어 내려오는 대신 미끄러져 내려올 수 있도록 만들곤 했다.

고모는 밀랍 코를 붙이고 마녀로 분장한 채 나를 다락방에 몰아넣고, 동생을 다락방으로 올라가는 사다리 아래 숨긴 다음, 밤새 함께 핼러윈을 즐길 손님들을 집으로 초대하곤 했다. 난장판이고 떠들썩한 분위기가 밤새 집안에 감돌았다. 내 가장 소중한 기억 중 일부는 바로 이 마법을 부리는, 나보다 겨우 열 살 많았던 고모에 관한 것이다.

이런 삼촌과 고모와 조부모님들이 이루는 풍경 속에서, 나는 이들 중 일부를 지면에 옮겨 영원히 남기겠다고 생각하기 시작했다. 그래서 20대 초반에 들어, 나는 이상하고 기이하고 괴팍한, 흡혈귀일 수도 있지만 아닐 수도 있는 가족이라는 착상을 이리저리 굴려보기 시작했다.

20대 초에 이 놀라운 가족에 대한 첫 번째 단편을 완성했을 때, 나는 《위어드 테일스》에서 단어당 0.5센트라는 놀라운 고료를 받으며 집필을 하고 있었다. 내 초기 단편 중 많은 수는 그 잡지에 수록되었지만, 당시에는 내 이야기들이 잡지보다 오래, 심지어는 지금까지 살아남으리라고는 생각지도 못하고 있었다.

단어 하나에 1센트로 고료가 오르자 나는 부자가 되었다는 생각에 사로잡혔다. 내 단편들도 그만큼 풍요로운 모습을 드러내기 시작했고, 나는 한 편당 15달러, 20달러, 때로는 25달러나 받고 작품을 넘기기 시작했다.

《위어드 테일스》는 우리 가족을 다룬 첫 번째 단편인 「귀향파티」를 즉각 반려했다. 안 그래도 내 단편이 전통적인 유령을 다루지 않는다고 불평하는 편집부와 슬슬 문제가 생기던 시기였다. 그쪽에서는 공동묘지와 한밤중과 기괴한 모습으로 배회하는 망령들과 무시무시한 살인사건을 원하고 있었던 것이다.

나는 말리의 유령을 계속 되살려 써먹을 수 없었다. 물론 그를 비롯해 스크루지를 괴롭혔던 모든 유령들을 사랑하기는 했지만.《위어드 테일스》는 애드거 앨런 포의 「아몬틸라도의 술통」이나 워싱턴 어빙의 「슬리피 할로의 전설」에 등장하는, 호박머리를 던지는 유령의 사촌을 원하고 있었다.

나는 그런 일을 할 수가 없었다. 다시 시도해봤지만 내 이야기는 도중에 자기 몸속에서 해골을 발견하고 그 해골을 두려워하게 된 사람의 이야기로 바뀌어버리고 말았다. 또는 상상할 수조차 없는 괴상한 생물들로 가득한 항아리들의 이야기로.《위어드 테일스》는 이런 단편 중 일부를 미심쩍은 태도로, 불평을 가득 늘어놓으며 받아들였다. 따라서 「귀향 파티」가 그쪽 편집부에 도착하자, 그들은 "더는 안 돼!"라고 소리치며 내 원고를 돌려보냈다. 당시에는 미국에 이런 이야기를 다루는 곳이 아주 적었기 때문에, 나는 돌아온 원고를 어떻게 처리할지를 모르고 있었다. 나는 충동적으로 그 소설을, 예전에 마찬가지로 충동적으로 투고한 단편을 실어준 적이 있는 《마드모아젤》에 보내봤다. 몇 개월이 흘렀다. 나는 이런, 아무래도 원고가 분실된 모양인데, 하고 생각하게 되었다. 그러다 마침내 편집부에서 보낸 전보가 도착했는데, 거기에는 잡지에 맞춰 내 단편을 수정해야 할지를 고민하다가, 결국 내 단편에 맞춰 잡지를 수정하기로 했다는 내용이 담겨 있었다!

그쪽 편집부에서는 10월호 전체를 내 「귀향 파티」의 테마에 맞추기로 결정하고는, 캣 보일을 비롯한 다른 필진을 모아 잡지의 나머지 부분을 채울 수필을 쓰도록 만들었다. 게다가 당시 《뉴요커》에서 색다른 만화를 그리던 재능 넘치는 찰스 애덤스를 고용해서 그만의 기묘하고 환상적인 가족, 즉 '애덤스 패밀리'를 그리도록 만들었다. 그는 내 작품 속의 시월의 저택과 가을 하늘을 날아서, 또는 땅 위에서 달리며 밀려오는 나의 가족들을 환상적인 양면 그림으로 표현해주었다.

마침내 내 단편이 모습을 드러내자, 나는 뉴욕에서 찰스 애덤스와 만날 기회를 잡을 수 있었다. 우리는 공동 작품을 하나 기획했다. 몇 년에 걸쳐 비슷한 단편을 계속 집필하면, 애덤스가 삽화를 그려주겠다는 것이었다. 그리고 마지막에는 작업물을 전부 모아서 한 권의 책으로 내자는 것이었다. 세월이 흐르며 단편을 몇 편 쓰고, 계속 연락을 주고받기는 했지만 우리는 결국 각자의 길을 가게 되었다. 책을 출간하겠다는 계획은 존 허스턴의 〈모비 딕〉 대본을 집필하는 운 좋은 일이 굴러 들어오면서 연기되었다. 그러나 세월이 흐르는 동안 나는 계속 사랑하는 엘리엇 가족을 방문했다. 한때 별개의 이야기였던 「귀향 파티」는 주춧돌이, 엘리엇 가족이 살아가는 이야기를 기록하기 위한 벽돌 하나가 되었다. 그들의 탄생과 종말, 모험과 실수, 사랑과 비탄을. 마지막 단편을 썼을 때, 친애하는 찰스 애덤스는 이미 그와 내가 창조한 존재들이 살아가는 영원의 세계로 넘어가버린 후였다.

지금까지 『시월의 저택』의 이력을 간단하게 설명해보았다. 여기에 덧붙여, 내가 창조한 등장인물은 모두 내가 어릴 적 시월 밤에 할머니네 집을 돌아다니던 친척들을 기반으로 하고 있다는 사실을 말해두고 싶다. 숙부 중에 진짜로 에이나르 아저씨가 있었으며, 이 책에 등장하는 다른 인물들도 마찬가지로 사촌이나 숙부나 숙모와 연결되어 있다. 오래전에 세상을 떠난 사람들이기는 하지만, 그들은 내 상상 속의 굴뚝 연통에, 충계에, 다락방에 그대로 살아서 떠다니고 있다. 한때 놀라울 정도로 어렸으며 핼러윈의 즐거움에 깊이 감동한 꼬마의 깊은 사랑을 원동력으로 삼아서.

최근에 티 앤드 찰스 애덤스 재단의 친절한 사람들이 내가 1948년에 찰스 애덤스에게 보냈던 편지의 사본을 보내주었다. 훌륭한 「귀향 파티」의 저택 삽화에 대해 찬사를 보내고, 함께 삽화가 들어간 책을 만들어보자는 초기 계획을 담고 있는 편지였다. 1948년 2월 11일자로 보낸 (그리고 오래전에 망가진 수동 타자기로 작성한) 이 편지에는 다음과 같은 내용이 담겨 있다. "……선생님 없이는 이런 책을 펴낼 상상조차 할 수 없다고 말씀드려야겠습니다……. 일종의 『크리스마스 캐럴』 같은 이야기가 되어, 크리스마스마다 디킨스의 소설을 사듯 핼러윈이 찾아올 때마다 사람들이 이 책을 살 겁니다. 그리고 조명을 낮춘 다음 벽난로 앞에 둘러앉아 이 책을 읽게 되겠지요. 핼러윈은 이야기가 깃들기 가장 좋은 때입니다……. 저는 이 책이 제가 지금까지 써온 다른 어떤 소설보다도 성공할 것이라고 확신합니다. 선생님도 동참해주셨으면 합니다." 흥미롭게도 내 에이전시에서는 윌리엄 모로 출판사에 바로 그런 책을 작업해보는 것이 어떻겠느냐고 의향을 타진하는 중이었다. 따라서 모로에서 출판한 이 책의 표지에 찰리의 훌륭한 삽화가 수록되었다는 사실은 상황에 절묘하게 맞아떨어지는 일이라고 할 수 있을 것이

다. 그가 여기 함께 남아 우리의 계획이 결실을 맺는 것을 직접
볼 수 있었더라면 얼마나 좋았을까!

2000년 여름,

레이 브래드버리

1946년은 브래드버리에게 여러 모로 의미가 깊은 해였다. 첫 단편집 『다크 카니발』의 원고가 완성되고, 이후 평생을 함께할 아내 매기와 만나 약혼을 했으며, 단순한 에이전트가 아니라 친구이자 조언자로서 같은 길을 걸었던 돈 콩던을 만났고, 그의 도움을 받아 '한 단어에 1센트를 받는' 암울한 펄프 SF잡지의 세계를 떠나 주류 출판계에서 본격적인 작품 활동을 시작하게 된 해였다.

그리고 그 모든 변화의 중심에는 단편 「귀향 파티」가 있었다.

돈 콩던이 브래드버리에게 연락해서 「귀향 파티」의 원고에 흥미를 표했을 때, 이 작품은 이미 《위어드 테일스》뿐만 아니라 세 곳의 주류 출판사에서 반려되어 《마드모아젤》에 도착해 있었다. 이미 브래드버리의 작품을 수록한 적이 있는《마드모아젤》에서는「귀향 파티」를 긍정적으로 평가하고 있었지만, 분량이 제법 되는 데다 기존 독자들의 성향과도 맞지 않는 이 작품을 어떻게 처리해야 할지 몇 개월 동안 붙들고 고심하는 중이었다. 이런 상황에서 돈 콩던이 등장해서「귀향 파티」와 브래드버리를 여러 출판사에 홍보하기 시작하자,《마드모아젤》에서는 결국 결단을 내리고 직접 브래드버리에게 연락해 작품을 사들인다. 그리하여 브래드버리가 작가후기에서 말한 대로,《마드모아젤》은 1946년 10월호 전체를「귀향 파티」의 분위기에 맞추어 구성하는 과감한 시도를 한다. 부모님 차고에서 열심히 타자기를 두드리던 26세의 브래드버리에게 이런 상황은 가슴 벅찬 충격으로 다가오지 않았을까 싶다.

이 작품과 라디오 방송극의 성공 덕분에 재정적으로 윤택해진 브래드버리는 같은 해 9월에 뉴욕 여행을 계획한다. 브래드버리는 프리츠 라이버나 로버트 블로흐 등의 선배 작가들과 시간을 보내며 여유롭게 대륙을 횡단한 끝에 2주 후에나 뉴욕에 도착했고, 돈 콩던은 미리 그를 위해 뉴욕의 다양한 편집자와 출판사 대리인들이 참석하는 회의와 파티를 주선해놓고 있었다. 끝없이 이어지는 회의와 파티에 휘말려 보내던 뉴욕 일정의 닷새째에, 그는 마침내「귀향 파티」에 전면 삽화를 그려준 찰스 애덤스와 만나게 된다.《뉴요커》지면에 훗날 〈아담스 패밀리〉

로 알려질 한 기괴한 가족의 만화를 그리던 애덤스는 브래드버리의 단편을 상당히 마음에 들어 했고, 두 사람은 그 자리에서 의기투합하기에 이른다. 브래드버리는 애덤스의 원화를 300달러라는 거금을 주고 사버리는데, 「귀향 파티」의 원고료가 400달러였다는 것을 생각하면 상당한 지출이었다.

브래드버리는 한동안 그 자리에서 약속한 '기괴한 가족의 소설'을 현실로 옮기기 위해 노력한다. 1947년 겨울에서 1948년 봄에 걸쳐, 브래드버리는 찰스 애덤스의 삽화가 들어간 핼러윈 기프트북을 기획한다. 당시 「귀향 파티」는 그의 확실한 대표작이었기 때문에, 그 작품을 중심으로 책을 꾸려보겠다는 생각 자체는 나쁘지 않은 것이었다. 그러나 돈 콩던의 열성적인 협상에도 불구하고 이 시도는 결국 실패로 돌아갔다. 기프트북이라는 상업적으로 위험한 시도를 하기에는, 이미 저명한 삽화가였던 애덤스의 몸값이 너무 비쌌던 것이다. 작가후기에 실린 브래드버리의 편지는 물론 감동적이지만, 닷새 후에 돌아온 답장에는 성인 독자를 끌어들일 수 없는 출판물은 위험이 너무 크기 때문에 거절한다는 내용이 적혀 있었다. 뒤이어 간신히 주류 출판계에 안착했다고 생각한 순간 찾아온 경제적 위기 때문에, 브래드버리는 결국 애덤스와의 협업이라는 꿈을 포기할 수밖에 없었다.

『시월의 저택From the Dust Returned』은 『화성 연대기』와 마찬가지로 픽스업Fix-up 소설의 부류에 속한다. 다만 브래드버리의 픽스업 소설은 1950년대 이래 SF계에서 일종의 관례가 된 픽스업 소설들과는 약간 상황이 다르다고 할 수 있는데, 어거스트 덜레스의 출판사에서 첫 단편집인 『다크 카니발』을 출간할 때부터, 브래드버리는 단편집의 주제와 성격에 맞추어 작품을 개작하고 배치하는 일에 심혈을 기울이고, 삽화가까지 신경을 쓰면서 단순한 단편 모음집이 아니라 하나의 새로운 작품이자 자신을 표현하는 수단이라 여겼기 때문이다. 따라서 브래드버리의 픽스업 소설은 (명확한 의도가 보이는 『화성 연대기』를 제외하면) 이런 단편집 작업의 연장선상에서 구상되었다고 할 수 있을 것이다.

개작을 거쳐 이 책에 수록된 단편은 다음과 같다.

「바람 속의 마녀The Wondering Witch」: 「4월의 마녀The April Witch」; 1952년 《새터데이 이브닝 포스트》에 수록

「귀향 파티Homecoming」: 1946년 《마드모아젤》에 수록

「시월의 서쪽West of October」: 1988년 단편집 『토인비 컨벡터』에 수록

「오리엔트 북행 특급On the Orient North」: 1988년 단편집 『토인비 컨벡터』에 수록

「에이나르 아저씨Uncle Einar」: 1947년 단편집 『다크 카니발』에

수록

「여행하는 이The Traveler」: 1945년 《위어드 테일스》에 수록

「삶을 서두르라Make Haste to Live」, 「먼지로 돌아가다Return to the Dust」, 「선물The Gift」 등의 단편을 비롯해, 각 단편을 이어주는 연결 부분은 이 책을 위해 새롭게 쓰인 것이다.

물론 브래드버리의 환상 속 가족이 이 책에 모두 담겨 있는 것은 아니며, 때론 다른 작품들이 슬쩍 모습을 비추기도 한다. 예를 들어, 네프 할머니의 히에로글리프에서는 브래드버리가 《마드모아젤》에 처음 투고했던 단편인 「투명인간 소년」의 등장인물이 슬쩍 모습을 비추기도 한다.

'두 세계의 주민'이라 자신을 칭한 브래드버리답게, 그의 가장 내밀한 이야기들이 모인 『시월의 저택』에서도 두 가지 세계가 뒤섞인 모습을 찾아볼 수 있다. 하나는 그가 어린 시절을 보낸 일리노이주 워키건이다. 멜빌, 포, 휘트니와 같은 작가들을 처음 만난 도서관과 미국 중서부의 광활하고 풍요로운 풍경은 그의 모든 작품 속에 깊이 아로새겨져 있다. 작중의 네프가 처음 자리 잡은 장소가 리틀포트라는 점을 감안해볼 때, 작품의 무대가 그의 고향인 워키건이라는 사실은 의심할 여지가 없을 것이다.

다른 하나의 세계는 물론 작가후기에 등장하는, 네바 고모가

살던 할리우드다. 대공황 시대의 막바지에 브래드버리 일가는 일자리를 찾아 로스앤젤레스로 이사해 왔고, 이곳에서 그는 멕시코 및 아시아계 이민자, 유럽에서 도망쳐 온 문화계 종사자들이 뒤섞인 환경에서 새롭고 충격적인 경험을 하게 된다. 네바 고모의 집을 통해 슬쩍 들여다본 격동기의 할리우드가, 기묘하고 괴상한 시월의 가족을 처음 품은 요람이 되었을 수도 있을 것이다.

이렇게 서로 다른 두 세계가 뒤섞인 결과, 『시월의 저택』은 서정적이고 아련하면서도 동시에 지극히 미국적인 핼러윈 이야기로 완성되었다. 작가의 다른 장편소설에 비해 전체적인 짜임새가 부족할지는 모르지만, 달리 생각하면 무리를 해서라도 가족의 이름으로 묶어 출간하고 싶었던, 작가의 가장 소중한 추억이 깃든 책이라고도 할 수 있을 것이다.

기묘한 일이지만, 엘리엇 가족의 이야기를 한데 모은 이 책은 결국 21세기에 접어 들어서야 당시 콩던의 제안을 거절한 모로 출판사를 통해 세상의 빛을 보게 되었다. 물론 찰스 애덤스는 12년 전에 세상을 떠났기 때문에 그의 삽화를 곁들일 수는 없었지만, 그가 《마드모아젤》에 그려준 삽화가 초판본의 표지 및 재판본의 속지로 사용되어 브래드버리의 작품과 함께하게 되었다. 한국어판에서는 애덤스의 삽화를 수록할 수 없었지만, 관심이 있는 독자라면 이에 대한 자료를 한번 검색해보길 권한다.
두 예술가가 공유했던 세계를 느껴보고 싶다면 말이다.

조호근

해외 리뷰

시인의 상상력, 흘러간 옛 시절과 사라진 믿음에 대한 찬가, 마법에 홀린 이야기로 가득한 『시월의 저택』은 브래드버리가 젊은 날의 열정과 영감을 잃어버리지 않았다는 확실한 증거이다.

_〈세인트루이스 포스트 디스패치〉

레이 브래드버리가 오랜 시간에 걸쳐 빚어낸 기묘하고 신비로운 엘리엇 가족의 이야기가 마침내 한 권의 책으로 엮였다. 브래드버리는 아름다운 언어를 마음껏 쏟아내 폭풍에 휘말린 나무, 신비로운 다락방, 으스스한 지하 저장고, 덜거거리며 달려가는 기차를 그려낸다. 황홀한 환상 속 여행이다. _〈시애틀 타임스〉

문학계의 거장이 쓴 '아담스 패밀리'와 '몬스터 가족'을 상상해보자. 브래드버리는 놀라운 능력을 지닌 등장인물들을 이용해 가족의 유대와 사랑의 소중함을 그려낸다. 브래드버리의 엘리엇 가족 이야기를 읽어본 적이 없는 사람도 이 책이 마음에 꼭 들 것이다. 나와 같은 브래드버리 팬이라면 세상을 모두 주어도 이 책과 바꾸지는 않을 것이다. _〈덴버 로키 마운틴 뉴스〉

레이 브래드버리는 낙천가들을 위한 에드거 앨런 포라고 할 수 있다. 여러 모로 영적으로 활기찬 가족의 떠들썩한 모험 속에는 소중한 삶에 대한 섬세하고 아련한 명상이 스며들어 있다. 브래드버리에게 있어 우주에서 가장 황홀한 마법은 바로 '인간의 본성'이다. 『시월의 저택』의 즐거움은 요정과 귀신에 대한 작가의 소년다운 열정과, 환상은 현실과 대적할 수 없다는 성인으로서의 자각이 만나는 지점에서 발생한다. 엘리엇 가족의 가훈인 '삶을 서두르라'라는 격언은 독자의 마음을 깊게 뒤흔들어 진심으로 받아들이게 한다. _〈뉴욕 타임스 북 리뷰〉

『시월의 저택』은 소설로 쓴 시이다. 서정적이고 애달픈 심상이 작품 속에 가득하다. _〈볼티모어 선〉

재밌고, 아름답고, 슬프고, 현명한, 브래드버리의 가장 뛰어난 작품들과 같은 반열에 올릴 수 있는 책이다. 눈이 휘둥그레지는 이야기와 눈부신 풍경이 가득하고, 하나의 이야기로 묶은 단편들은 기존의 생생한 매력을 그대로 유지한다. 이 책은 브래드버리에게 냉소를 흘린 이들을 부끄럽게 만들고, 신뢰를 잃지 않은 독자들에게 기쁨을 선사할 것이다. _〈퍼블리셔스 위클리〉

20세기의 가장 뛰어난 미국 환상 소설 중 하나. 『시월의 저택』은 다른 종류의 집착이, 당시에는 심각해 보였지만 이제는 아무것도 아닌 그런 집착이 이 땅을 감싸고 있던 시대에 시작된 꿈을 다시 방문한다. 이 작품의 주제는 분명 시의적절한 것이다. 소설은 매카시즘의 시대에 존재했던 마녀사냥이 다시 찾아올지도 모른다는 경고를 보낸다. 두려워 보이는 존재라고 해서 반드시 위험한 것은 아니다. 정상으로 보이는 존재라고 해서 항상 괜찮은 것도 아니다. _〈뉴스데이〉

달인의 경지에 오른 작가 브래드버리는 1940년대에 앨리엇 가족에게 처음 생명을 주었다. 그리고 이번에 다시 이루어진 회합에서, 이 상상력이 풍부하고 고집 센 작가는 흥미로운 추억과 환상적인 전설을 함께 나눌 기회를 제공한다. _〈뉴욕 데일리 뉴스〉

레이 브래드버리는 영어라는 언어와 사랑에 빠진 사람이다. 그는 아름다운 서술이 장황함에 이를 정도로 언어를 갈고 닦는다. 그가 우리에게 제공하는 것은 정찬 사이에 슬며시 등장하는, 입안과 정신에 낀 기름기를 씻어내고 완벽하지 못한 현실 세계가 남기는 씁쓸한 뒷맛을 제거해주는, 크리스털 잔에 담긴 섬세한 맛의 소르베다. 『시월의 저택』은 그런 역할을 수행하는 데 최상급의 책이라 할 수 있다. 순수한 브래드버리의 목소리를 맛보고 음미하기 위한 시금석이다. 그의 독특한 목소리를 따라 읽고 또 읽다 보면 자기도 모르게, 그의 독특한 문장에서 벗어날 수 없게 된다. 이 비현실과 환영의 계관시인은 여전히 우리와 함께 있다. 여전히 글을 쓰며, 몽상 속을 여행하는 우리의 양식에 신선한 맛을 첨가해주고 있다. _할란 엘리슨(작가)

가을날의 추억과 흘러간 옛 시절, 핼러윈을 기다리는 어린아이의 흥분이 이 책에서 하나의 분위기로 어우러진다. 아름다운 구절, 한두 번의 웃음, 사랑스런 다락방의 물건들을 뒤지는 즐거움이 선물 꾸러미처럼 독자를 찾아간다. _〈댈러스 모닝 뉴스〉

미국에서 보기 드문 몽상가이자 사상가. 브래드버리는 살아 있는 전설이다. _〈오렌지 카운티 레지스터〉

레이 브래드버리의 소설을 떠올리지 않고 상상 속의 시간이나 장소를 떠올리는 것은 이제 불가능하다. 항상 우리와 함께하면서, 갓 나온 책이 항상 서가에 꽂혀 있었던 것만 같다. 그의 단편과 장편은 이제 미국 언어의 일부가 되었다. _〈워싱턴 포스트〉

여러 단편으로 이루어진 인상적인 책이다. 브래드버리는 언어를 고운 거미줄처럼 뽑아내 아름다운 직물을 짜낸다. _〈오마하 월드 헤럴드〉

세월이 흘러도 브래드버리의 우아하고 유창한 목소리는 흐려지지 않는다. '만약'이라는 질문을 던지고 그에 대답하는 생생한 상상력도 마찬가지이다. _〈샌안토니오 익스프레스 뉴스〉

레이 브래드버리의 전성기는 아직 끝나지 않았다. 그의 환상 속 이야기는 어린아이의 경탄과 이성의 시대 사이에 존재하는, 그 완벽한 계절을 정확하게 겨냥하고 있다. 그의 문장은 때론 장엄한 보랏빛에 물든 산줄기를 거닐고, 때론 교외의 짓밟힌 정원과 드넓고 생생한 대평원을 가르는 울타리를 타고 올라앉기도 한다. 작가로서 자신의 영예에 만족하는 대신, 브래드버리는 다시 바람을 타고 상상 속의 세계로 날아오른다. 그가 창조한 가족에 속한 이들과 마찬가지로, 브래드버리의 재능은 영원불멸할 것이다. _〈덴버 포스트〉

옮긴이 **조호근**

서울대학교 생명과학부를 졸업하고 아동과학서 및 SF소설 번역가로 활동하고 있다. 옮긴 책으로는 『레이 브래드버리』『제임스 그레이엄 밸러드』『도매가로 기억을 팝니다』『마이너리티 리포트』『진흙발의 오르페우스』『에일리언』『더블스타』『물리는 어떻게 진화했는가』『생명창조자의 율법』 등이 있다.

시월의 저택

초판 1쇄 펴낸날 2018년 1월 22일
초판 4쇄 펴낸날 2018년 5월 21일

지은이 레이 브래드버리
옮긴이 조호근
펴낸이 김영정

펴낸곳 (주)현대문학
등록번호 제1-452호
주소 06532 서울시 서초구 신반포로 321(잠원동, 미래엔)
전화 02-2017-0280
팩스 02-516-5433
홈페이지 www.hdmh.co.kr

ISBN 978-89-93094-57-2 03840

* 책값은 뒤표지에 있습니다.